講談社文庫

福猫屋

お佐和のねこわずらい

三國青葉

講談社

目次

福猫屋

お佐和のねこわずらい

第一話　ねこちがい

1

「おや？　なんだろう」

思わずお佐和《さわ》はつぶやいた。里親《さとおや》の住まいを訪ねた帰路、草むらに灰色のかたまりを見つけたのだ。

近づいてみると、それはどうやら一尺（約三十・三センチ）ほどの長さの獣の毛皮の切れ端のようだった。泥にまみれ、木の葉や草がいっぱいくっつきぼろぼろになっている。

町中に毛皮とはいささか奇妙だが、ひょっとしたら何かの装束や飾りの一部なのかもしれない。あるいは何かに加工する前の毛皮の端切《はぎ》れのようなものだとも考えられた。

考えにふけっていたお佐和は「きゃっ！」と悲鳴をあげた。もそりと毛皮が動いたのだ。あわてて離れたものの、なぜか毛皮はのろのろと近づいてくる。

毛皮ではなく生き物だった！　何の獣かわからないけれど、かまれでもしたら大変だ。

お佐和が走って逃げようとした瞬間、〈にゃーん〉という鳴き声がした。

「えっ！　猫なの？」

お佐和はしゃがみ込んだ。毛皮がお佐和のひざに頭突きをする。ごろごろとのどを鳴らす音が聞こえた。

やっぱり猫だ。お佐和は猫を抱き上げようとした。

〈にゃーう！〉

毛におおわれて表情が見えないが、さわられるのが嫌いなのだろうか。お佐和は右手の人差し指を猫の鼻先にもっていってみた。

すんすんとにおいをかいでいた猫が指に顔をすりつける。充分人懐っこいから、きっと体のどこかが痛くてふれられたくないのだと思われた。

お佐和はふところから風呂敷を取り出して半分に折り、両端を結び合わせて袋状にした。口のところを広げて地面に置いてみると、猫はしばらく風呂敷のにおいをかいでいたが、やがてゆっくりと中へ入った。

お佐和はそっと風呂敷を持ち上げた。耳をすますと、猫がのどを鳴らしているのが聞こえた。

これで連れて帰ることができる。お佐和は風呂敷包みをなるべくゆらさないよう気をつけて歩いた。

人慣れしているので、おそらく飼い猫だろう。家から逃げて迷子になってしまったのではないか。

そしてもうひとつ気になるのは、ぼろぼろになっているので定かではないが、どうも猫の毛足がずいぶん長いと思われるのだ。そしてその長い毛に木の葉や草の切れ端が絡まっているようだった。

普通の毛足ではあんなふうにはならない。以前トリモチがくっついた野良猫の子を助けたことがある。

葉っぱや草やごみが体中にくっついて大変なことになっていたが、そのときはべたべたしていてトリモチだとすぐにわかった。猫にうどん粉をたっぷりまぶし、さらに菜種油をふりかけてトリモチを溶かし、灰汁《あく》を薄めて何度も洗う。

おおごとだったがすっかりきれいになり、その後子猫は縁あって商家へもらわれた。でも、この猫の場合はトリモチではないし、毛にからまっている物をとりのぞいて洗ってやればきれいになるだろう。

それにしても、毛の長い猫とは珍しい。お佐和はいままでそんな猫を見たことがなかった。

様々な毛色の猫がいるように、毛の長いのも中にいるのだろう。珍しいからと大切に飼われていたのかもしれない。

もしそうだとしたら、飼い主は必死で捜していると思われた。猫をきれいにしたら、なんとかして飼い主を探さなければ。

家に帰って、台所の隣の板の間で風呂敷包みを開けたお佐和に、お縫《ぬい》が声をかけた。

「この毛皮、いったいどうしたんですか？　ずいぶん汚れてますね」

「拾ったんだけど、毛皮じゃなくて猫なの」

「ええっ！」

猫を抱き上げようとしたお縫をお佐和はあわてて止めた。

「さわると嫌がるのよ。きっとどこか痛いんだと思う」

「喧嘩《けんか》してけがでもしてるのかな。あ、この猫、毛がずいぶん長い」

「でしょ。珍しいわよね」

「ええ、初めて見ました」

「あたしも」

お佐和は台所から今朝の餌《えさ》の残りを持ってきて猫に与えた。〈うにゃっ〉と鳴いて、猫が皿に顔を突っ込んだ。

むさぼり食べている猫を見ながらお佐和はため息をついた。

「この様子じゃ何日もろくに食べてなかったみたい」

「きっとどこかで大切に飼われてたんですね。だから餌をうまく探せなかったんでしょう」

「かわいそうに。たんとおあがり」

お佐和は猫の頭をなでた。

餌を平らげた猫は満足そうにのどを鳴らしていたが、やがてころんと転がったかと思うとそのまま寝てしまった。

今なら体にさわっても大丈夫かもしれない。どこをけがしてるのか調べて、早く手当てをしてやらなければ。

お佐和はそっと猫の背中をさわった。

「あら……」

「どうかしましたか？」

「なんだかね、毛が固まってるのよ。すごく大きい。あたしの手くらい」

「あ、ほんとだ」

お縫がふれて眉をひそめる。

「ずっとつながってる」

「こっちにもある。……お腹もおんなじ。小さいのもいっぱい」

「これって、皮が引っ張られて痛いんじゃないでしょうか」

「あたしもそう思った。さわられるだけじゃなく、自分が動いてもすごく痛いんじゃないかな」

お佐和は猫がのろのろ動いていたことを思い出した。

「なんでこんなになってしまったんですかね」

「はっきりとはわからないけど、猫の毛ってすごく細くて柔らかいから、毛の長い子は櫛《くし》を入れないと毛玉になっちゃうんじゃない？　毛玉を放っておくとまわりの毛がからまってどんどん大きくなって」

「猫は毛玉を吐きますけど、毛づくろいで抜けた毛を呑み込んでああなるんですよね」

「あ、ほんとだ。胃の腑の中で毛玉ができちゃうの。あれと同じなのかも。とにかく、毛玉を取ってやらないと」

「お尻もかなり汚れてます」

「ほんとだ。猫ってきれい好きなのにお尻がこんなってことは、動くとよっぽど痛いのよ。かわいそうに」

お佐和は自分の部屋からはさみを持ってきた。猫はぐっすり眠っている。

「お縫ちゃん押さえておいてくれる？　かまれたりひっかかれたりしそうになったら手を離していいから。けがをしないように気をつけて」

お佐和はなるべく皮をひっぱらないようにしながら毛玉を左手で持ち、右手ににぎったはさみで切った。まずはひとつ。

小さめの毛玉を十個ほど切り取ったところでお佐和は手を止めた。

「どうしよう。この毛玉、皮のぎりぎりのところにあってはさみの先が入らない。無理したらきっと皮を切ってしまう」

「……ほんとだ。でも、猫にしたら、きっとこういうのが痛いんですよね」

「そうなのよ。だから絶対取ってやりたいの。でも、けがをさせちゃ元も子もないし。悔しいけど、時がもったいないから、このすごく大きいのを先になんとかするわね」

猫がむにゃむにゃと口を動かしたので、お佐和はどきりとした。目を覚まして暴れ出したら大変だ。急がなくては。

「うわあ、大変。この大きいのも皮ぎりぎりにくっついてる。痛がるはずよね。……あ、こっちの大きいのもくっついてる。ええっ、これもだめ」

大きい毛玉は全部皮の際までくっついている。とても切り離せそうにない。せめて毛玉のかさを少しでも減らそう。思い直したお佐和は皮から少し離れた毛玉の部分にはさみを入れた。

「だめ。硬くて切れない。困った……。はさみじゃ毛玉は取れない。でも、どうにかしないと、大げさじゃなく、この子は死んでしまうかもしれないもの」

いったいどうやれば毛玉を切り取ることができるだろう。

「あっ！　小刀！」

思わずお佐和は叫んだ。小刀の刃なら毛玉と皮の間に入るのではないか。それに切れ味だって断然小刀のほうが上だ。

「うちの人が使ってた小刀が仕事場にあるはず。あれを使えば……」

「えええっ！　何で俺がそんなことをやらなきゃなんねえんだ。俺の猫嫌いはお佐和さんだって承知しているだろう？」

仕事場の板の間にお佐和は正座をし、深々と頭を下げた。

「はい、もちろん。でも、そこを曲げてお願いいたします。猫の命がかかっているんです」

「命って……毛玉が？　どういうことだい？」

「その子は普通の猫より毛が長いんです。珍しいから大切に飼われてたんでしょうけれど、逃げ出して外で暮らしているうちに、手入れをしてもらえないもんだから大きな毛玉ができてしまって。それがまわりの毛を巻き込んで、動くたびに引っ張られてすごく痛いみたいなの。毛玉はたくさんあるからたぶん体中が。身動きがとれなくなってるんです」

「ってことは、髪をつかんで引っ張られ続けてるみたいなもんか。そりゃあ痛いや」

「小さい毛玉ははさみで何とか切り取ったんだけれど、大きいのは皮のぎりぎりまできてて、はさみでは毛玉と一緒に皮を切ってしまいそうでとても無理なの」

「それだと小刀を使って、皮を傷つけねえように気をつけながら毛玉を切り取るしかねえんじゃ……」

「あたしもそう思ったんですよ、繁蔵《しげぞう》さん」

お佐和は身を乗り出した。繁蔵が、たじたじといった体《てい》で少しのけぞる。

「いやいや、俺には無理だよ。猫だなんて。暴れるだろう？」

「俺とお縫さんでしっかり押さえておきますから。何とかしてやってください。それとも、親方が猫が怖くてだめなら、俺がやりましょうか？」

「馬鹿！　お前みたいな半人前にまかせたら、それこそ猫の命があぶねえ。それに、俺は猫が怖いんじゃない。ただ、嫌いなだけだ。……ああ、もう、わかった！　やりゃあいいんだろう、やりゃあ。こうなったら錺《かざり》職繁蔵の名にかけて、見事にしてのけてやろうじゃねえか」

「さすがは親方！　そうこなくっちゃ！」

「ありがとうございます！　繁蔵さん、ほんとうにありがとうございます」

「え？　ああ……まあ、いいってことよ。頭を上げてくれ、お佐和さん」

幸いなことに猫はまだ眠りこけている。お縫が猫の両前足を、亮太《りょうた》は後ろの両足を手でつかみ押さえ込んだ。猫は身じろぎをして薄目を開けたが、〈うにゃうにゃ〉と言いながらまた寝てしまった。

お縫も亮太も、自分の手と腕に厚手のぼろ布を巻きつけている。猫の牙や爪から身を守るためだ。繁蔵が手拭の端を頭のうしろで結んで口元をおおった。

「くしゃみが出て手元が狂ったら大事《おおごと》だからな。さあ、始めるぞ」

皆が無言でうなずいた。お佐和は全体に気を配り、不測の事態に備えることになっている。

「うっ、猫の皮ってやつはとんでもなく伸びるんだな。さすがは三味線《しゃみせん》に張られるだけのことはある」

繁蔵は左手で毛玉を押さえ、毛玉と皮の間に小刀の刃先を慎重にすべり込ませた。少しずつ毛玉が切り離されていく。

「すごいな。毛玉が全部つながって蓑《みの》みたいになってるじゃねえか。こりゃあ、思ったよりはるかに難題だ。引き受けたことを後悔するぜ」

繁蔵が少しずつ丁寧に毛玉を切り取っていくのを、皆がじっと見つめている。どうか、どうかうまくいきますように。お佐和は心の中で祈った。

四半刻《しはんとき》（約三十分）ほどが過ぎたころ、突然猫が〈うにゃーう！〉と声をあげた。あわてて繁蔵が小刀を引く。

身をよじろうとした猫が〈みぎゃっ！〉と鳴いた。どうやら毛が引っ張られて痛かったらしい。

〈うるるる〉とのどの奥でうなり声をあげている猫の頭を、お佐和はそっとなでた。

「毛玉を取ってもらってるのよ。いい子だからおとなしくしててちょうだい」

猫のうなり声が聞こえなくなったので、お佐和はあごの下をかいてやった。上機嫌とまではいかないが、少し気分がよくなったらしい。

繁蔵がまた作業に戻った。猫はうなりもせずじっとしている。

もしかすると、繁蔵が毛玉を切り離したところは痛くなくなったのかもしれない。ずっと続いていた痛みが消えたことはおそらく猫でもわかる。現に今も、痛みが少しずつなくなっているだろうから、猫にしたら、気に食わないが様子をみてみようとでも思っているとかそんなところか。

何にしても、猫がおとなしくしていてくれるのはとてもありがたいことだった。だが、気まぐれな猫のこと。いつ何時また暴れるかわかったものではない。それに、猫は皆根気がない上に飽き性ときている。とにかく油断は禁物だ。

さらに四半刻ほど経過した。毛玉を取ってもらうのが心地よいのか、猫はまたうつらうつらしている。

それにしても、とお佐和は感心した。繁蔵の手先は何と器用なのだろう。小刀の刃先が毛を切っていく様《さま》を、お佐和はため息をつきながら見つめる。

「終わったぞ！」

繁蔵が小刀を鞘《さや》に納めた。亮太とお縫がほっとした表情で猫から手をはなす。

「ありがとうございました」

お佐和は涙ぐみながら深々と礼をした。ほっとしたら急に泣けてきてしまったのだ。

「頭を上げてくれ、お佐和さん。礼にはおよばねえよ。それよりなによりうまくいって良かった」

亮太が、床に置かれた毛玉のかたまりを拾い上げた。

「わあ、すげえ。ほんとに蓑みてえだ。一枚につながっちまってる……」

繁蔵に礼を言ったお縫が腕に巻いていた布を外し、勢い良く立ち上がった。

「お湯を沸かしてきます。猫を洗ってやりましょう」

2

「汚れててわからなかったけど、白猫だったのね。……まあ、目が！」

猫を手拭でふいてやっていたお佐和は思わず叫んだ。猫の目の色が左右で違っていたのだ。

右目が青、左目が黄色。いわゆる金目銀目である。

「金目銀目って聞いたことはあったけど、見るのは初めて」

「あたしもです。きれいですね」

「ほんとうに……」

毛が長い上に金目銀目とくれば、大変珍しい猫ということになるのではないか。飼い主は大金で購《あがな》い、やはり大切に飼っていたのだろう。

お佐和は自分の櫛で猫の毛を梳《す》いてやった。猫がごろごろとのどを鳴らす。

蓑のようにつながっていた毛玉を取ったので、毛は普通の猫よりちょっと長いくらいという感じになってしまった。しかもわりに長いところがあるかと思えばうんと短いところもあり、一様ではない。

飼い主が見たら嘆くこと間違いなしだ。

「自慢の長い毛並みが無残なことになっちゃったけど、命には代えられないもの」

「ええ、毛はまた生えてきますから。なあ、お前もそう思うだろ。痛くなくなってよかった」

お縫が頭をなでると、猫はうれしそうに目を細めた。

「名がないと不便よねえ。お縫ちゃん、考えてやって」

お縫が腕組みをする。

「ええと……金吾《きんご》はどうでしょう」

「すごくいいと思う」

「よし、じゃあお前は今日から金吾だ」

お縫が金吾を抱き上げほおずりをする。

お佐和は金吾を抱いて繁蔵と亮太の仕事場へとやって来た。

「繁蔵さん、こんなにきれいになりました。ありがとうございました。亮太もありがとう」

繁蔵が金吾を見て目を見張る。

「白猫だったのか。こりゃあ見違えたな。あっ！　右と左で目の色が違ってるぞ！　ええと、何て言うんだっけか……」

「金目銀目です。すごく珍しいんですよ。それにちなんでお縫ちゃんが金吾って名付けてくれました」

「へえ、いい名をもらってよかったなあ、金吾」

　繁蔵の言葉に金吾が〈にゃあ〉と鳴く。

「おっ、返事をした。亮太より利口なんじゃねえか」

　たちまち亮太が顔をしかめる。

「ひどいじゃねえですか、親方。いくらなんでも俺は猫よりは賢いですってば」

「さあ、どうだか。それにしても、ひどい毛並みになっちまったな。ごめんよ、金吾」

「毛はまた生えてきますもの。それより命のほうがずっと大事」

「まあ、そう言やあそうだがな」

「繁蔵さんは金吾の命の恩人ですから」

「がんばったかいがありましたね、親方」

「馬鹿、それは俺のせりふだ」

「でも、毛が長くて金目銀目っていったら、すごく珍しいから、飼い主は必死になって捜してんじゃねえですか」

「そうなのよ。だから、なんとか元の飼い主のところへ戻してあげたいと思って」

お佐和は金吾にほおずりをした。

「まずはたくさん食べて元気にならなくちゃね」

「おや？　新顔の白猫だねえ。珍しい毛並みだこと。あれま！　金目銀目だよ！」

店に出した金吾を見てお駒《こま》が叫ぶ。お年寄りたちが金吾の周りに集まった。

お駒がひざに抱いた金吾の毛を、自分の櫛で梳いてやる。金吾がごろごろとのどを鳴らした。

「なんだか毛の長さが不ぞろいだな。ばらばらっていうかさ」

「おかみさん、この子はいったいどうしたんですか？」

「行き倒れていたのを拾ったんです」

「毛が長くて金目銀目だ。どこかで大切に飼われていたのが逃げ出して迷子になったんだろう」

「たぶんそうだと思うんです。手入れをしてもらえないもんだから、長い毛が絡まりあって大きな毛玉になったのがつながってしまって、蓑みたいだったんですよ。毛玉に皮が引っ張られるのですごく痛んで動けなかったようです」

「あたしたちがずっと髪を引っ張られてるようなもんだね」

「そりゃあ痛いや。おかみさんが拾わなかったら死んじまってただろうな」

「でも、そんなになった毛玉がよくきれいに取れましたね」

「繁蔵さんが小刀で少しずつ切り離してくれたんです」

お佐和の言葉にお年寄りたちがどよめく。

「あの猫嫌いの繁蔵さんが」

「嫌いじゃなくて怖いんだよ」

「よくがんばってくれたよねえ」

「命の恩人だ。あ、この子の名は？」

「金吾です」

「金吾、お前は幸せ者だぞ」

「繁蔵さんはきれいな毛並みをだいなしにしてしまったとすまながってましたけど、命が一番大事ですから」

「そのとおり！　毛はまた生えてくる！」

「お駒さん、金吾を抱っこしてもいい？　あたしも毛を梳いてやりたい」

「どうぞどうぞ。金吾、今度はお滝《たき》さんがきれいにしてくれるって」

「まあ、ほんに見事な金目銀目だこと。あたし初めて見た」

「あたしも」「俺も」「俺も」と、お年寄りたちも皆金目銀目を初めて見たようだ。

「やっぱり金吾は珍しい猫なんですね」

「うん、そうだよ。だから飼い主は血眼《ちまなこ》になって捜してるんじゃねえか」

「金吾もしばらく養生して元気になったし、早く返してあげたいと思ってるんですけれど」

「でも、まあ、誰が飼ってたか皆目見当がつかねえから仕様がないよなあ」

「猫の毛は細くて柔らかい。それが長いとなると、しょっちゅう梳いてやらないとすぐ絡まっちまうねえ」

「あたしもさっき梳かしてやりながらそう思った。毛玉がくっついて蓑みたいになってたっていうのはさもあろうって感じだよ」

「じゃあ、こういう猫は人に飼われなきゃ暮らしてけねえってこったな」

　そこへ……。

「おお、皆、そろうておるな」

「これは、これは八十《やそ》様。権兵衛《ごんべえ》様も。いらっしゃいませ」

お佐和は丁寧に頭を下げた。浪人権兵衛の伯父八十之進《やそのしん》というのは表向きの名。

旗本五千五百石久貝《くがい》家の大殿（前当主）正貞《まささだ》が本性である。また、権兵衛こと梨野《なしの》
権兵衛は大殿の家臣であった。

大殿がさっそく金吾に目を留める。

「珍しい猫じゃのう。金目銀目で毛が長い」

「長い毛が絡まってできた蓑のような毛玉のせいで動けず行き倒れていたところを、
おかみさんに助けられたんですって」

「そのままじゃ毛玉に引っ張られて痛くてたまらねえから、繁蔵さんが小刀で切り離
してやったそうですよ」

「ほほう。そなた、命拾いをしたのう」

「名は金吾です」

「どうして忠《ちゅう》さんが得意そうに名乗るのさ」

皆がどっと笑う。お滝が差し出す金吾を大殿が抱き上げた。

「それにしても、見事な金目銀目じゃ」

「八十様は金目銀目の猫をご覧になったことがおありですか」

「ふむ。一度だけな。同役の松《まつ》……いや、猫好きの友が飼《こ》うておったのを見せてもろうた」

「そのご友人はどこでその猫を手に入れられたのでしょう」

「知り合いのところに生まれたのを大枚《たいまい》はたいて譲り受けたらしい。確か雌《めす》の白猫であった。金吾は毛が長いゆえ、さらに珍しいということになるのう」

大殿が権兵衛を見てにやりと笑う。

「これ、権兵衛。そんなに手を出したり引っ込めたりとせわしいことをせぬでも抱かせてやるぞ。ほれ」

金吾をわたされた権兵衛が相好《そうごう》をくずす。

「ほんにすごうございますね。金目銀目は」

「またまた。そなたのことじゃ、己が飼う太郎《たろう》のほうが数段かわいいと思うておるのであろう」

「え？　まあ、それはそうですが……」

「ほうれみい。そなたが考えておることぐらい、わしにはちゃんとわかるのだ」

太郎というのは、権兵衛の母波留《はる》が、お佐和に縮緬《ちりめん》細工の巾着《きんちゃく》の作り方を教えるために来てくれた際、福猫屋から譲り受けたキジトラの子猫である。猫を飼うことをやっと許された権兵衛は太郎を溺愛《できあい》しているのだった。

「太郎はかわいいだけでなく、たいそう利口なのです。いたずらをしていても、母上が『ならぬぞ』とひと言申すだけでやめるのですから」

「ほう、波留の言いなりということか。権兵衛と同じではないか。太郎の奴め。なかなかに賢い」

権兵衛が金吾にぶつぶつとぼやく。

「まあ、太郎をほめてくださったのはうれしいが、なにかひっかかる。金吾、お前もそう思うであろう？……金吾の毛並みはふわふわしておるのう。生えそろうたら、それは見事であろうな」

「権兵衛様、猫を飼うことをお母上様がお許しくださってほんにようございましたね」

お駒の言葉に、権兵衛は「ううむ」とうなった。

「まあ、確かに、母上が太郎を連れて帰ったときは、俺はほんとうにとび上がって喜んだのだ。信じられずにほおを何度かつねったこともある。やっと念願がかなったのだからな。うれしくないはずがない。だが……」

権兵衛が深いため息をつく。

「『猫嫌いの母が一大決心をして猫を飼うことにしたのだから、権兵衛にもそれ相応の覚悟をしてもらわねばならぬ』と母上に言いわたされた」

忠兵衛《ちゅうべえ》が興味津々《しんしん》という体で身を乗り出した。

「お母上様のおっしゃる覚悟とは？」

「梨野家の当主としての自覚を持てということだ」

大殿がうなずく。

「波留の願いは当然至極よのう」

「それが、事あるごとに『当主の自覚』を持ち出してきては説教をするのです。そして必ず『母の言うことが聞けぬというのなら、太郎を福猫屋へ返してしまうぞ』とおどす。私は太郎を盾に取られて母の命令を聞かざるを得ぬという仕儀になっております」

大殿が愉快そうに笑った。

「波留め、うまいこと考えおったな」

「笑い事ではございませぬ」

「じゃが、太郎を返しとうはないのであろう？」

「はあ、まあ、それは無論のことにて」

「なら仕方がないではないか」

その策を考えたのは、実は自分であったことをお佐和は思い出した。

権兵衛の猫を飼いたいという思いがとても高まっているようなので、いっそのことうんと恩に着せて飼うことを許してあげてはどうかと、波留に進言してみたのだった。すると、『それも一案かもしれませぬ』と波留が応じたのである。

波留様はおっしゃっていたとおりになさったのだ。もともとは、権兵衛様が猫を飼うことができないのがあまりに気の毒だったので、咄嗟《とっさ》に思いついて進言したのだけれど……。

自分の提案が巡り巡って権兵衛のため息の種になってしまっていることに、お佐和はちょっぴり胸が痛んだ。

「それにどうやら母上の猫嫌いはうそであったように思われるのです」

権兵衛の言葉にお年寄りたちが「ええっ！」と声をあげる。

「太郎は私よりも母に懐いております。母上は『お勤めに出るそなたと違《ちご》うて私はずっと家におるゆえ』とごまかすのですが、あれは絶対私がおらぬ間に太郎をたいそうかわいがっているに違いありませぬ」

波留の猫嫌いが方便であったことをお佐和は知っている。だが、それは権兵衛を思う母心のなせる業《わざ》だ。

権兵衛様がしっかりしていらしたら、波留様だって小言も方便も言わずにすむものを……。親の心子知らず。お佐和は心の中でため息をついた。

「まあ、よいではないか。念願の猫を飼えておるのだから。猫を飼うことを許してくれたら何もかも波留の言う通りにするとかなんとか、申しておらなんだか？　権兵衛」

「そうだったでしょうか」

「だいたいそなたは愚痴やぼやきが多いのじゃ。男子たるもの、どんなことも莞爾《かんじ》と笑って受け入れねばならぬぞ」

「はい……」

3

本日が休みである福猫屋には、権兵衛の母波留がやって来ていた。店で新しく売ることにしている縮緬細工の相談をするためである。

客間に通された波留が、持参した風呂敷包みを開いた。お佐和は思わず歓声を上げる。

猫の巾着が十あまり、つるし飾り用の猫と縁起物などの細工物が三十近く……。

「どれもほんにかわいらしいこと。こんなにたくさん、ありがとうございます」

「作ってみたいと希望した者が十一人おりまして。皆が大張り切りだったのです。私も作りましたが、大変楽しゅうございました」

「あたしもいくつか作ってみたんです」

お佐和は猫の巾着をひとつと、つるし飾り用の細工物を三つ取り出して自分のひざの前に置いた。

「では、ちょっと拝見。香箱《こうばこ》座りの三毛猫。赤い首輪がよう似合《にお》うて愛らしい。巾着の口はお腹側にしたのですね」

「はい。背中側にすると、巾着の紐《ひも》と首輪とでちょっとうるさい感じになるかと思いまして」

「私も、この形ならお腹側が良いと思います」

「波留様がお作りになった巾着はどちらでしょうか」

「これです」と言って波留が取ってわたしてくれた。

「まあ、素敵。これなら背中に巾着の口があっても大丈夫ですね」

巾着の部分が大ぶりの饅頭《まんじゅう》のような形をしており、それにお面のような感じで猫の顔がついている。背に大きな口がある。猫は白猫で、耳の中と内袋と紐が鴇色《ときいろ》でかわいらしい。

「物を入れるという役割に重きを置いてみました」

波留の目の付け所にお佐和は感心した。

「あら！　これは！」

お佐和はひとつの巾着を手に取った。猫の顔だけの巾着だ。頭のてっぺんが口になっている。

「私も最初見たときはちょっと驚いたのですが、これも良いと思うのです」

「はい。とてもかわいらしい。あたしとしては、よくぞ思いついてくださいましたっていう感じです」

「確かにそのとおり」

お佐和と波留は顔を見合わせて笑った。

巾着と細工物をひとつひとつ手に取って眺《なが》めたお佐和はため息をついた。

「どうかなさいましたか」

「いくつか選ぶのは難しいなと思いまして。どれもすごく素敵なので」

「まあ、それは私も同感ですが……」

「あのう、ちょっと思ったのですが、あたしたちが選んだ物がお客様に気に入ってもらえるとは限りません。選ぶときはどうしても自分の好みになってしまいますから。なのでいっそのこと、お客様に決めてもらうのはどうでしょう」

「と言いますと？」

「巾着は皆様に同じ物をあと四つ作っていただいて、五つずつ全部店に並べるんです。そして、よく売れた物を本格的に売ることにするのはどうでしょう」

「それは良いかもしれませぬね。実は、私も、選ばれなかった巾着を作った者たちに、何と言って納得させればよいか悩んでもいたのです」

「皆様、一生懸命頭をひねって考え、作ってくだすったのですものね」

「そうなのですよ。客が選んだとなれば公平ですし、皆が得心するでしょう。では、巾着はそのようにするとして、つるし飾り用の細工物はどういたしますか？」

「十五ずつ作っていただいて、それぞれを籠《かご》に入れて店に並べます。お客様にはその中から好きな物をいくつか選んでもらって、こちらでつなぎます」

「あらかじめつないでおくのではなく、客の注文に応じるのですね」

お佐和はうなずいた。

「とすると、つなぐのは私たち家中の者たちでいたしましょうか。どうせ竹ひごに結びつけるのはこちらでいたすのですし」

「そうしていただけると助かります」

「権兵衛が福猫屋へ参ったときにことづけてくださるとよいかと」

「権兵衛様にそのようなお使いを頼むのは申し訳ないので、うちの亮太をお屋敷にうかがわせます」

「いいえ、かまわぬのです。権兵衛はどうせ非番の日にはこちらへお邪魔しておるのですから」

そうだ。亮太を久貝家へ使いに出して粗相があってはいけない。ここは権兵衛様にお願いしよう。

「それではすみませんがよろしくお願いいたします」

「承知しました。いつから売りに出しますか」

「そうですねえ。皆様が巾着と細工物を作るのに、半月あれば間に合うでしょうか」

「ええ、おそらく」

「では半月後から巾着とつるし飾りを店に置きたいと思います。お金のほうはどうでしょう」

「以前いただいた分で十分賄《まかな》えますよ」

「そうですか。ご入り用になったらおっしゃってください。すぐに用立てますので」

「はい。ではそのようにさせていただきます。楽しみですね。皆も一段と張り切るでありましょう」

「はい、あたしもすごくわくわくしています」

打ち合わせが終わったので、お佐和は波留にお汁粉をすすめた。

「ああ、まことに美味。季節がうつろいで、あたたかいものをいただくのがうれしゅうなりました」

「朝晩は冷え込みますものね。猫たちもくっつき合って眠るので、かわいいとお客様に喜ばれています」

「さもありましょう……。ところで、珍しい猫がこちらにおると権兵衛が申しておったのですが」

「はい、毛足が長い白猫で、しかも金目銀目なんです」

「それはすごい」

「お汁粉を食べ終わったら連れてきますね」

「お手数をおかけして申し訳ない」

「いいえ。ただ、毛が長いといっても。今は不ぞろいになってしまってるんです。毛が絡まり合ってできた大きな毛玉が蓑のようにつながって痛くて動けず、行き倒れているところを見つけ連れて帰りました。毛玉は繁蔵さんが小刀で切り取ってくれましたが」

「なるほど。それで毛の長さがまちまちになってしもうたと」

「はい、おっしゃる通りです」

「毛は時がたてば元に戻る。命が一番大切。間違《まちご》うてはおらぬ」

「ありがとうございます。早く元の飼い主のところへ返してやりたいと思っているのですが捜しようがなくて……」

「人の子ならば番屋へ届けたりしておるであろうが、猫はのう……」

お佐和が金吾を連れてくると、波留が相好をくずした。

「これはほんに見事な金目銀目じゃ」

金吾を抱き上げた波留が自分の鼻を金吾の鼻にくっつけた。

「命拾いをしてよかったのう。名はなんと？」

「金吾です。お縫ちゃんがつけてくれました」

「良き名じゃ、金吾。そなたは幸せ者ぞ。お佐和さんに出会わなんだら、野垂れ死んでいただろうて」

ぼろぼろの毛皮の切れ端にしか見えなかった金吾の姿を、お佐和はふと思い出した。元気になってほんとうによかった……。

「さあさあ、毛を梳いてしんぜよう」

波留が金吾をひざにのせ、毛に櫛を通す。

「気持ちよさそうに目を細めておる。金吾、そなたは元いた家でも、こうやって手入れをしてもろうていたのであろうな。武家かそれとも商家か。どちらにしても飼い主はかなり裕福なはず」

「お武家様に飼われていたということもありますね。あたしは商家ばかり考えていました。でも、お武家だとあたしたちには手が届かないというか、ご内情が皆目わかりませんから、捜しようがありません……」

波留が微笑を浮かべる。

「それが権兵衛の話では、大殿様が何やら動かれているご様子」

「えっ、そうなのですか?」

「猫好きのお知り合い何人かへ、『金目銀目で毛の長い白猫に心当たりはござらぬか。また、これと同様の文をそこもとの知り合いの猫好き宛てに書いてほしい』と文を書かれたそうな。飼い主が武家ならば、そのうち何か手掛かりが得られるかもしれぬ」

「まあ、それはありがたいことです。……あっ！」

「どうかしましたか？」

「大殿様がなされたのと同じことを、あたしもやってみようかと思います」

「お佐和さんも文を？」

「はい。猫好きの商家のご主人に心当たりがあるんです」


波留が帰ったあと、お佐和はさっそく浅草《あさくさ》の小間物問屋森口屋《もりぐちや》の主《あるじ》信左衛門《しんざえもん》に文を書いた。信左衛門のところには福猫屋から雄《おす》の黒と雌のキジトラ、二匹の子猫が里子《さとご》に行っている。

また、信左衛門には福猫屋の商いのことで今までも何度か力になってもらっていた。そしてそもそも、信左衛門の老母と亡くなった飼い猫との絆《きずな》にお佐和は深く感じ入り、それをきっかけに福猫屋を始めたのだ。

信左衛門は、幾人かの猫好きな商家の主と交流がある。その人たちに文を書いてもらえば、またその人たちから他の猫好きの商家の主たちへ……という具合にどんどん広がっていくだろう。

実はお佐和は、金吾のことを瓦版《かわらばん》に書いてもらおうかと思案していたのだった。だが、大金がかかる割には、金吾の飼い主に届くかどうかは運任せという感じになってしまう。

猫好きの商家の主宛ての文のほうが、瓦版よりずっと確かなのではないだろうか。飼い主本人に行きあたらなくても、その人を知っているとか、聞いたことがあるということも手がかりになるのだから。

猫好きのことは猫好きに聞けということだ。それに、瓦版で大っぴらにしてしまうと、飼い主のふりをして金吾をだまし取ろうと考える不届き者がでてくるかもしれない。

その点、身元の確かな人宛ての文ならばそういう心配は少ないと思われる。店で猫好きのお客さんたちと楽しく過ごしているとつい忘れがちになるが、世の中善人ばかりではないのだ。

4

　お佐和が信左衛門に文を出してから半月が過ぎた。大殿と自分が出した文から、金吾の飼い主について何かわかるのではないかと期待していたお佐和だが、まだ何も進展はなかった。

　その代わりと言ってはなんだが、縮緬の巾着とつるし飾りのほうは着々と準備が進み、いよいよ今日、店に出すこととなった。

　猫の巾着はひとつ二百五十文、つるし飾り用の細工物はひとつ五十文の値をつけた。そして、つるし飾りの加工賃が百文。

　たとえば、一本に四つずつ細工物をつけた紐を三本竹ひごに結んでつるし飾りを作るとすると、細工物が十二個で六百文、加工賃が百文、しめて七百文となる。

　売り上げは三対二にわけ、三が作った人たちの取り分、二が福猫屋の取り分ということに、波留と話し合って決めた。

　巾着とつるし飾り用の細工物は、籠に入れて棚に並べてある。色とりどりの端切れで作られているので、とても華やかに見えた。

　文字通り花が咲いたようだ。さあ、お客様はなんておっしゃるだろう。

　気に入ってもらえるといいんだけど。お佐和はにわかに不安になった。

　きっと大丈夫。だってたくさんの人たちの知恵の賜物《たまもの》なんだから……。

最初に現れたのは、お年寄り四人組だった。

「今日はそこの角のところでたまたま行き合ったから、皆で一緒に来たんだよ……おや！　新しい品が！　この棚全部がそうなのかい？」

お駒が棚に走り寄る。お滝がそれに続いた。

「ちょっと、お滝さん！　これ見て！　かわいい巾着！」

「ほんとだ！　あ！　これもかわいいよ。まあ、猫の巾着ばっかりこんなにたくさんある」

「ちょっと、あたしどきどきしてきちゃった」

「あたしも。耳の中がざくざくいってるよ」

「ふたりともちょっと落ち着きなよ」

「そうそう、興奮しすぎて倒れたりしたら洒落《しゃれ》にならねえぜ」

「忠兵衛さんも徳右衛門《とくえもん》さんも、見てごらんな。十種類以上の猫の巾着を」

「わっ！　こりゃすげえや！　おっ！　これなら男の俺が持ってもおかしくねえんじゃねえか」

「なあ、徳さん。こっちに入ってるちっこいのはなんだい？」

忠兵衛が指し示した籠を見たお駒とお滝が悲鳴のような声をあげる。

「ちっちゃい猫がたくさん！」

「いろんな恰好してる！」

「三毛もトラも黒も白もいる！」

「こっちは梅の花と桜の花だ！」

「打ち出の小づちと毬《まり》！」

「鯛《たい》と鶴と亀！」

「宝船もある！　もしかして、猫と縁起物ってことかい？」

ふたりはへたり込むようにして座った。

「おかみさん、この小さなかわいい物たちはいったい何？」

ふたりともほおが赤いし、鼻息が荒い。かなり興奮しているのだろう。

「好きなのをいくつか選んでいただいて、つないでつるし飾りにするんです」

「つるすって何に？」

「竹ひごです」

お佐和は棚の一番下にある引き出しを開け、見本のつるし飾りを取り出した。弓なりに曲げた竹ひごに、細工物が四つずつついた紐が三本下がっている。

「たとえばこんな感じに」

「かわいい！」

「絶対ほしい！」

「あたしも！」

「こんなふうにもできます」

お佐和はもうひとつの見本をふたりに見せた。輪にした竹ひごに四本のつるし飾りがぶら下がっている。

「こっちも素敵！」

「両方ほしい！」

「なあなあ、悪いことは言わねえから、お駒さんもお滝さんも、お汁粉でも食ってちょっと一服したらどうだい？」

「徳さんの言う通りにしたほうがいいよ。俺、さっきからふたりがひっくり返っちまうんじゃねえかって、ずっとはらはらしてるんだから」

「あたしが言うのもなんですが、ぜひそうなさってくださいませ。おふたりともお顔が真っ赤です」

「ほら、おかみさんも心配だってさ」

「じゃあ、お汁粉と麦湯をください」

「あたしもお願いします」

お汁粉をひと口食べたお駒とお滝は「ほうっ」と大きく息をついた。

「ああ、びっくりした」

「八十様に朝顔の香袋《こうぶくろ》をいただいたおかみさんが、猫の香袋を作りたいって言って、権兵衛様のお母上様に作り方を習ったっていうところまでは聞いてたけど」

「まさかあんなにかわいい巾着が、しかもたくさん並んでるなんて思いもしなかったもの」

「それにちっちゃくて愛らしいお細工物が籠にぎっしりなんて。ずるいよねえ、お滝さん」

「ほんとにそう。ずるい」

「そんなにおっしゃっていただいてありがとうございます」

お佐和は軽く頭を下げた。

「権兵衛様のお母上の波留様が、猫を作るのならば、綿を入れてふっくらさせた巾着のほうが良いとおっしゃって。そして、あたしが手一杯で巾着を作る暇がないので、波留様のお知り合いの方々にお声をかけてくださいました」

「あれだけの数、ひとりではとても無理だもんな。おかみさんは店もあって忙しいし」

「はい、そうなんです。猫の巾着も、つるし飾り用のちりめん細工も、皆様が一生懸命考え、心を込めて作ってくださったんですよ」

「なるほど。どれも甲乙つけがたい。買うのに迷っちまうよなあ」

お汁粉を平らげてどうやら落ち着いたらしいお駒とお滝は、散々迷った挙句、巾着をふたつと、十六個のちりめん細工を四つずつ竹ひごの輪につるすつるし飾りを買った。

「お買い上げありがとうございます。つるし飾りは細工にしばらく時がかかりますがご了承くださいませ」

「それはちっともかまわないよ。ねえ、お滝さん」

「ええ、もちろん。楽しみに待たせてもらいます」

「俺はこの巾着をひとつ」

「俺はこっちの巾着を」

「おや？　徳右衛門さんも忠兵衛さんも、おかみさんにあげるのかい？」

徳右衛門と忠兵衛が一瞬口ごもった。

「……いや、自分がほしいんだ」

「俺も。こういうかわいいのを懐に入れておくと心が和《なご》むっていうかさあ……」

「いいと思いますよ。男の人がかわいい物を持ったって」

お滝の言葉にお駒がうなずく。忠兵衛と徳右衛門がほっとした表情になる。

「あと、お駒さんとお滝さんにお願いがあるんだ。俺もつるし飾りがほしいんだけど、どれを選ぶか迷っちまって。選んでくれねえかなあ」

「やっぱり徳さんとは気が合うねえ。俺も今、ふたりに頼もうと思ってたとこ」

「いいともさ。あたしは選ぶのもすごく楽しいんだから」

「そうそう。またあれこれ考えられるのがうれしい」

あとからやってきた女子《おなご》の客たちも、お駒とお滝に加わって品定めをし始めた。

「三毛猫と組み合わせるのは鯛のほうがいいんじゃないですか？」

「鯛の赤と似合うのはやっぱり黒猫のほうが」

「でもそうすると、鶴と白猫や三毛猫だと、白っぽいどうしになっちゃうし」

「じゃあ白猫と鯛にしようか。紅白で『めで鯛』ってね」

「うまいこと言いますね」

そんなやりとりを、少し離れたところで女の子がじっと見つめているのにお佐和は気がついた。色白で小柄。目が大きくてかわいらしい。

名はお民《たみ》。歳はたしか十一だと言っていた。

お民は両親が小さな飯屋をやっており、奉公にいかず店の手伝いをしているそうだ。猫が大好きなのに食べ物商売で飼えないので、時折福猫屋にやってくる。

やがてお民が籠の中から三毛猫の細工物をひとつ取り、お佐和のところへやってきた。

「あのう、これ、ひとつでも売ってもらえますか？」

お佐和はにっこり笑った。

「ええ、もちろん」

「よかった……。それで今持ち合わせが三十文しかなくて。今度来るとき持ってきますから、この猫を売らずに取っておいてほしいんですけれど」

家の手伝いをしているお民がそんなにたくさん小遣いをもらっているとは思えないので、何も食べずに猫と遊ぶだけでもうちはいいのだとお佐和はお民に話したことがある。だが、お民は必ず牡丹餅《ぼたもち》をひとつ注文する。律儀な子なのだった。

三十文のお金もやっとためたのだろうに……。細工物をただであげるのはちっともかまわない。

でも、お民の心を傷つけてはならなかった。どうすればいいだろう……。

『そうだ！』お佐和は心の中で叫んだ。

「お民ちゃん。この猫、十文にまけてあげる」

「えっ！」

「その代わり、時々この子を帯にぶらさげてもらいたいの。で、誰かに『その猫かわいいね』って言われたら『福猫屋で買ったんです』って言ってもらえる？」

「……はい」

「要するにお民ちゃんに、うちの店の引札《ひきふだ》代わりになってもらうってこと。お民ちゃんが自分家《ち》のお店のお客さんに福猫屋の名を広めてくれたら、そのうちの誰かが来てくれるかもしれないでしょ」

お民の顔が輝く。

「わかりました！　あたし毎日店でこの子を帯につけます」

「毎日じゃなくていいのよ。時々で」

お民がかぶりをふる。

「だって四十文もまけてもらうのに」

「ありがとう。あ、だけど帯につけるといっても、はさんでちゃ落っことしちゃうかもしれないし。かといって縫《ぬ》いつけるわけにもいかないし……」

お佐和は細工物の三毛猫をお民の帯の前に持っていってみた。

「紐をつけてこんな感じでぶらさげたらかわいいわよねえ。でも、その紐をどこへ結びつけたらいいんだろう」

根付《ねつけ》みたいにすればいいのか。でも根付はたばこ入れや印籠《いんろう》をぶら下げるための留め具である。

いわば主役はたばこ入れや印籠のほうだ。根付ではない。一方、帯に細工物の猫をぶら下げるというのは、猫が主役になる。

この猫と何かを紐でつないだら、つないだ何かは根付の役目をするということだ。じゃあ根付とつなげばいい。

でも、根付が帯の下から、細工物の猫が帯の上から顔を出しているとごちゃごちゃしてうるさい感じにならないだろうか。ああ、それならば、丸っこい形の根付ではなく、細長い差し根付につなげばいい。

……いや、猫だけが帯の上からぶら下がっているほうがかわいい。だから差し根付とは違う留め具を考えないとだめだ。

その留め具は外から見えず、帯の中に納まっていなくてはいけない。

「あっ！」とお佐和は声をあげた。お民が驚いてお佐和を見つめる。

「ごめんね。びっくりさせちゃって。ちょっといいことを思いついたの」

お佐和は店をお縫に頼み、お民を繁蔵と亮太の仕事場へ連れて行った。

いきさつを繁蔵と亮太に話したお佐和は繁蔵に向かって言った。

「すみません、繁蔵さん。亮太をちょっと借りてもいいですか？　作ってもらいたい物があるんです」

「かまわねえよ。俺の役にはちっとも立っちゃいねえが、お佐和さんの役に立つなら使ってやってくれ」

「ちょっと！　親方！　その言い方！」

「なんだ？　文句があるってえのか？　お前、いつ俺の役に立った？」

「えっと……。これからですっ！」

「亮太、長さ二寸（約六センチ）、巾三分（約九ミリ）くらいの薄板を作ってほしいの。薄板とこの猫を紐で結んで、薄板を帯の間に差し込めば、猫が帯のところにぶら下がるでしょ」

「ってことは上のほうに紐を通す穴がいりますよね」

「ええ、そうなの。よろしくお願いします」

「承知しました」

「おい、亮太。作れるのか?」

「朝飯前ですよう」

「馬鹿! そんなせりふ、十年早《はえ》えぞ」

亮太が薄板を切り出し、穴を空け、磨いている。なかなか手際がいい。

しかし、「うりゃ、うりゃ」とか「いいぞ、いけ」とか「慎重に!」とかずうっとひとり言を言っているのは相変わらずだ。

お民もさぞあきれていることだろう。苦笑まじりでふりかえると、お民はきらきらと目を輝かせ、食い入るようにして亮太の手元を見つめていた。

うちの人の仕事を初めて見たあたしも、こんな顔をしていたのかもしれない。お佐和はなつかしく思った。

「親方、仕上がったので見ていただけますか」

「おう」と返事をした繁蔵が薄板を仔細に吟味《ぎんみ》する。

「まああってとこだな」

「ありがとうございます!」

亮太が作った薄板は、角を取って丸みを帯びた形にしてある。そして『民』という字と猫の顔が彫られていた。

「あっ、そうだ。これも一緒に紐につけてあげてください」

亮太が手にのせて差し出したのは、里子に出す猫につける鈴だった。亮太がにやりと笑う。

「四十文ぽっちおまけしてもらって、福猫屋の引札代わりになるんじゃ、お民ちゃん割に合わねえもんな。せめて鈴くらいあげねえと」

わざと茶化して言っているのは、お民の心の負担にならないようにと気遣ってくれているのだろう。

「ほんとにありがとうね、お民ちゃん」

お佐和も調子を合わせた。

「ってことは、亮太の師匠の俺が褒美をやらねえわけにはいかねえな」

繁蔵が猫がついたびらびら簪《かんざし》をお民にわたそうとした。以前福猫屋で売っていた物だ。

「こ、こんな高い物もらえません！」

「遠慮しなくていいんだよ。これは物はちゃんとしてるんだが、訳があって売りには出せねえんだ。かといって置いておくのはもったいねえし。使ってもらえると俺もうれしいしありがてえんだよ」

「お民ちゃん、もらっておきなさいな。繁蔵さん、ありがとうございます」

「すみません……ありがとうございます」

お佐和は簪をお民の髪に挿《さ》してやった。

「まあ、よく似合うこと」

「よかった、よかった」

「すげえかわいい」

お民がほおを染める……。

お佐和は細工物の猫に縫い付けた赤い紐を薄板にしっかり結びつけた。薄板を帯の間に差し込むと猫がちょうどよい具合にぶら下がる。

歩くとちりんと鈴が鳴った。

お佐和とお民が店へ戻ると、客のひとりが声をあげた。

「お民ちゃん！　それかわいい！　ひょっとしてつるし飾り用の猫かい？」

お民がうなずくと、皆がお民を取り囲んだ。

「ひとつだけでもこういうふうにするとかわいいねえ」

「つるし飾りにするとなると値が張るけど、これなら好きなのをいくつか買える」

「でも、どうやってぶら下げてるんだい？」

お民が帯の間から薄板を引っ張り出すと皆がどよめいた。

「もしかして、今さっき亮太ちゃんに作ってもらったの？」

お駒に聞かれてお民がこくりとうなずく。

「おかみさん、あたしも同じものがほしいんだけど、亮太ちゃんに作ってもらえる？」

「あたしもほしい。ひとつ買っておいて紐を結び替えれば、いろいろ使えるもの」

結局その場にいた客全員が帯にぶら下げるためにつるし飾り用の細工物を買い、薄板を注文した。薄板の売値はひとつ三十文だ。

「お民ちゃんのおかげで、皆さんが買ってくださった。ありがとうね」

お佐和が耳元でささやくと、お民はにっこり笑った。

5

縮緬細工を売り始めて三日ののち……。

「ごめんください！」

男が呼ばわると同時に、跳ぶようにして店へ上がった。でっぷりと肥《こ》えた赤ら顔の大男である。年のころは四十くらいだろうか。

お年寄りたちがびっくりして身を寄せ合うのにもかまわず、男はひたとお佐和を見すえた。

「いらしゃいませ」

「渡海屋《とかいや》の主、喜左衛門《きざえもん》と申します」

渡海屋といえば日本橋《にほんばし》の回船問屋。かなりの大店《おおだな》である。どうやらあやしい男ではなさそうなので、お佐和はほっと胸をなでおろした。

「こちらに毛の長い金目銀目の白猫がいるとうかがったのですが」

あっ！　この人はもしや！　お佐和とお年寄りたちは顔を見合わせた。

「はい。行き倒れているところを、あたしが連れて帰って介抱いたしました」

「その猫は私の飼い猫で淡雪《あわゆき》と申します」

やはり金吾の飼い主だったのだ。やっと見つかった。

よかったね、金吾。お家《うち》に帰れるよ。

「うっかり逃がしてしまった淡雪を、私どもも必死に捜していたのですが見つからず、あきらめていたところ、金目銀目の毛の長い白猫に心当たりがないかという文がきたと、知り合いの商家の主が急ぎ知らせてくれたのです。もう、びっくり仰天いたしまして、取り急ぎ参りました」

「それはようございました」

ああ、文を出してよかった。この方法を考えてくれた大殿様に感謝しなければ。金吾の飼い主が見つかったとご報告したら、大殿様も喜んでくださる。

それにしても、大店の主が供も連れずにやってくるなんて。きっと知らせを聞いて矢も楯もたまらず、飛んできてしまったのだろう。

金吾が見つかったのがよっぽどうれしかったとみえる。猫好きは皆同じよね……。

「どこかで野垂れ死んでしまったのだろうと悔やんでおりましたので、生きていてくれてよかった。ありがとうございます」

金吾もずいぶん懐いてくれているから名残惜しいけれど、飼い主のところへ戻るのが一番幸せだもの……。

「当然のことをいたしたまでですから。では、淡雪を連れてまいりますので、少々お待ちください」

ああ、もう金吾という名では呼べないのだ……。お佐和の胸にじわりと寂しさが忍び寄る。

「お待たせいたしました」

お佐和は抱いてきた淡雪を喜左衛門の前におろした。淡雪が〈にゃっ！〉と鳴いて喜左衛門のひざに頭突きをする。

まあ、こんなに体中で喜んで……。よっぽど会いたかったのね。飼い主が見つかってほんとうによかった。

喜左衛門を見たお佐和は、驚いて思わず「えっ」と小さな声をもらしてしまった。喜左衛門の顔が真っ赤だったのだ。

体もふるえている。淡雪と再会した喜びのせいでそうなっているのではなさそうだった。

むしろこれは怒りだと思われる。お佐和は確信した。そう、喜左衛門はきっと腹を立てているのだ……。

「なっ、なんてことをしてくれたんだっ！」

大声で怒鳴ると同時に、喜左衛門が畳を右の拳《こぶし》でどんっとなぐりつけた。飛び退《すさ》って胸にしがみつく淡雪を、お佐和はぎゅっと抱きしめる。

「淡雪は、そんじょそこらの猫とは全く違うんですよ。二十両という大金を払って長《なが》崎《さき》に住む知人から買った非常に珍しい猫でしてな。南蛮育ちの猫の血が混じっているらしいんです。長くてふわふわした真っ白い毛にちなんで淡雪と名付けました。その見事な毛並みをこのように台無しにされてしまったのではこちらの胸がおさまりません。淡雪のような高値の猫は、いわば値打ちのある壺や書画と同じなんですから。壺を壊されたら弁償してもらうのが道理。よって、淡雪の買値の二十両と償い金三十両、合わせて五十両を払っていただきます」

お佐和は血の気が引くのが自分でもはっきりわかった。五十両もの大金を払えば、店はもちろん、お佐和の暮らしだって立ち行かなくなってしまう。

どうしよう……。

「渡海屋さん、何もおかみさんは切りたくて猫の毛を切ったわけじゃない。命を助けるためにやむなくしたことなんだ」

お駒の言葉に、喜左衛門は「ふん」と鼻で笑った。

「命だって？　なにを大げさなことを」

「長らく櫛を入れなかったもんだから、大きな毛玉になって動きが取れなくなってしまってたんですよ」

「毛玉だって？　なんでそんなもので身動きが取れなくなる」

「皮が引っ張られて痛くて動けねえんだよ」

「毛玉なら、私も知っている。あんなもの、はさみでつんでやればしまいじゃないか」

「それがそんな生易しい毛玉じゃなかったんだってば。繁蔵さんだからこそ、きれいに取ることができたんだぞ」

「は？　繁蔵ってぇのはいったい誰だ？　淡雪の毛を切ったのはおかみさんじゃなくてそいつなのか？」

忠兵衛がしまったという顔つきになる。

「おかみさん、その繁蔵って人を呼んできてくださいよ」

「あたしが毛玉を取ってくれと頼んだんです。繁蔵さんに責めはありません」

「いいや。淡雪にこんなひどい仕打ちをした張本人でしょうが。会わせてもらわないと」

「それはできません」

「私は繁蔵が来るまで、梃子《てこ》でもここを動きませんよ。私が居座ってちゃ商いに差し支えるんじゃありませんか？」

繁蔵を連れてきたら、きっと喧嘩になるだろう。言い合いですめばいいが、手が出れば、喜左衛門さんはこの巨体だもの。

繁蔵さんが腕や手にけがをして仕事ができなくなったら大変だ。絶対にふたりを会わせてはいけない。

「五十両はあたしがお払いいたします。ただ、うちは小商いですので、お恥ずかしいことですが、一度にそんな大金を用立てるのはとても無理です。月払いで少しずつというこことでお願いできないでしょうか」

お佐和の必死の訴えに、喜左衛門は素っ気なく応えた。

「それは承服いたしかねます。福猫屋さんの事情なんて、こちらの知ったことではありませんよ」

「なんてひどい言い様《よう》だろう」

お年寄りたちのひとりがもらした言葉に、喜左衛門が顔色を変える。

「『ひどい』とは聞き捨てなりませんな。ひどいことをされたのは私のほうだ。そこを間違えてもらっては困る」

お佐和はくちびるをかみしめた。福猫屋の商いもようやくうまく回り出したというのに……。

淡雪を助けたことが災いを招くなんて思いもよらなかった。でも、後悔はない。自分たちがしたことは正しいと胸を張って言うことができる。お佐和は淡雪の頭をなでた。

お金の工面も、何か良い手立てがあるはず。あきらめずに考えよう。

そのとき、「お佐和さん」という声と同時に襖《ふすま》が開いた。

「権兵衛様がおいでになったら、すまねえが俺に知らせてほしいんだ」

お佐和はうなずいたが、繁蔵が眉をひそめた。

「どうかしたのかい？」

「いいえ、なんでもありません」

「ひょっとして、お前さんが繁蔵って人かね？」

喜左衛門の問いに「そうですが」と繁蔵が答える。喜左衛門が勢い良く立ち上がったので、繁蔵が喜左衛門を見上げる形になった。

「私は、回船問屋渡海屋の主喜左衛門。あんたが毛をめちゃくちゃに切っちまった猫の飼い主だ。どうしてこんなひどいことをした。この猫を手に入れるために、私は二十両も出したんだぞ。おかみさんとあんたには、償い金と合わせて五十両払ってもらうからな」

繁蔵が喜左衛門をにらみつける。

「おかみさんは関わりねえ。毛を切ったのは俺だ」

「ほう、じゃあ、あんたが五十両払うんだな」

「言っとくがな。毛玉を切らねえと、痛みで動けなくて餌も食べられねえからやむなく切ったんだ。命と引き換えだったんだぞ」

喜左衛門が顔をしかめた。

「またか。皆どうしてそう大げさなんだ。毛玉くらいで死ぬもんか」

繁蔵の顔に血がのぼる。

「なんだと！　そもそもあんたが猫を逃がすからいけねえんだろう。そんなに大事なら、紐にでもつないでおけばよかったんだ」

痛いところを突かれて、喜左衛門が押し黙った。顔はさらに赤くなり、握りしめた拳がぶるぶると震えている。

繁蔵が腕まくりをした。

「おい、やろうってのか。上等じゃねえか」

いけない。殴り合いになってしまう。なんとかして止めなくっちゃ。お佐和は焦ったが、すくんでしまって動くことができない。

そのとき、だだっと足音がして、お縫が駆け込んできた。

「お縫ちゃん!」

思わずお佐和は叫んだ。声が上ずり、かすれているのが自分でも情けない。

お縫は繁蔵と喜左衛門の間に入り、喜左衛門をにらみつけた。

「亮太が知らせてくれたんだ。金吾の飼い主が現れて、金を払えだの何だのと、無理難題を吹っかけてるって」

亮太がなぜ?ああ、もしかして店で牡丹餅でも食べようと、さっき繁蔵さんのうしろにくっついて来ていたのかもしれない。

亮太の考えそうなことだった。でも、あの子ったらお縫ちゃんを送り込んでおいて、自分はどこへいったんだろう。

なにか無茶をしようとしているんじゃないだろうか。まさか、刃物を持ち出そうというんじゃ……。

お佐和は無我夢中で立ち上がる。そのとき襖が開いた。

「渡海屋さん!　これを見てください!」

入って来るなり、亮太が見るからに汚らしい灰色の物を突き付けた。喜左衛門が顔をそむけて一歩うしろへ下がる。

「なんだ、汚《きたね》えなあ。それに何か臭うぞ。そんな得体の知れねえ物、さっさとどっかへやってくれ」

「汚えと言いなすったね」

亮太の声は、今まで聞いたことのないくらい低かった。

「汚い物を汚いといってどこが悪い」

「これは、親方が渡海屋さんの猫の体から切り取った毛玉ですよ」

「はあ？　淡雪の毛玉だと？　馬鹿を言え。毛玉がそんなに大きいもんか」

「毛玉がくっついて蓑みたいになってたんです。親方とおかみさんに金を払えって文句をつけるんだったら、これをちゃんと見てからにしてください」

「何だって俺がこんな物を……」

文句を言いながら喜左衛門はしぶしぶ切り取った毛玉を手に取り、気味悪そうに眺めた。

「何だこりゃ。でっかい毛玉がいくつも集まって硬くなっちまってる。ほんとに蓑みてえだ……」

「渡海屋さんだって、髷《まげ》をずっと引っ張られてたら、痛くてたまんないですよね。淡雪もそれと同じで、毛玉が皮を引っ張ってたから体中が痛くて身動きが取れなかったんだ。飲まず食わずで行き倒れてたところをおかみさんが助けた。毛玉を切らないと死んじまう。でも、大きな毛玉が皮のぎりぎりにできてて、しかも皆つながっちまってた。だから親方が皮と毛玉の間に小刀の刃を入れて、ちょっとずつ長い時をかけてやっとのことで切り離したんだ。毛は不ぞろいになっちまったけど命は助かった。渡海屋さんは猫の命より毛のほうが大切なんですか?」

毛玉のかたまりを握りしめたまま、喜左衛門が赤い顔をしてうつむいている。

「うちの親方は、大身《たいしん》のお旗本や大名家から注文を受けて上物の簪を作る凄腕の錺職《かざり》なんだ。その親方が、猫に手を嚙まれて仕事ができなくなるかもしれねえってえのに、猫の命を助けるために毛玉を切ってくれたんだぞ。それをあんたは……」

急に言葉に詰まった亮太が腕を目に押し当てた。涙が出てきてしまったらしい。

繁蔵が「馬鹿だなあ」とつぶやきながら亮太の肩をぽんとたたいた。お縫が亮太の頭をなでる。

いきなり喜左衛門が土下座をした。

「数々のご無礼の段、まことに申し訳ございませんでした。渡海屋喜左衛門、この通り伏してお詫びいたします。そして淡雪の命をお助けいただいたこと、心より感謝申し上げ奉ります」

お佐和が座ったので、繁蔵と亮太、お縫もそれにならった。

「顔をお上げください。私どもは、わかっていただければそれでいいんです」

喜左衛門のひざに座った淡雪が、ごろごろとのどを鳴らす。喜左衛門が嬉しそうに淡雪の頭をなでた。

「うちにいたとき淡雪はわりによそよそしくて、こんなに懐いてはいなかったのですが……」

「それだけ家に帰りたかったってことなんだと思います。きっとこれからますますかわいくなりますよ」

「それは楽しみだな。今まで私は高値で珍しいという目でしか淡雪を見ていなかった。自分の愛おしい飼い猫だということをすっかり忘れてしまっていたんです。思えば心から慈しんだことがなかった。淡雪にはきっとそれがわかっていたんです。かわいそうなことをした」

「それは淡雪も同じかもしれませんね。逃げ出して迷子になって辛い思いをしたからこそ、自分が寝る場所があって餌をくれる人がいるありがたみがわかったんじゃないでしょうか」

「えっ、お前、そうなのか？」

喜左衛門が問うと、淡雪が〈にゃーん〉と鳴いた。喜左衛門が相好をくずす。

「おお、賢いなあ」

お年寄りたちがひそひそと言葉を交わす。

「渡海屋さんも、普通の猫馬鹿だねえ」

「ほんと猫っかわいがりだ」

「やれやれ、一時はどうなることかと思った」

「俺は寿命が縮んじまったよ」


喜左衛門がお礼とお詫びの印にと十両ものお金を置き、淡雪を引き取ってから二十日ほどして、福猫屋では三毛猫のモミジが子を六匹産んだ。

「おかみさん、ひょっとしてこの子たち毛が長くないですか？」

「あたしも今、お縫ちゃんと同じことを考えてた」

六匹のうち四匹はかなり毛が長い。残りの二匹も普通の猫より毛が長めだった。

「ねえ、モミジ。この子たちのおとっつぁんは渡海屋さんの淡雪なの？」

モミジは知らん顔で子猫たちを一生懸命なめている。

「絶対淡雪よね」

「はい、間違いなく」

日一日と子猫は大きくなり、やがて目の色が、子猫特有のうすい青から変わってきた。

「あっ、この子たち、金目銀目だわ」

「ほんとだ」

四匹の毛の長い子猫のうち、雄と雌の一匹ずつが金目銀目だったのだ。ちなみに毛の長い子猫たちは皆白で雄が一匹と雌が三匹、少し長い毛の二匹は三毛の雌である。

「淡雪が二十両もしたんだったら、この子たちだってそれなりの値がするわよねえ。淡雪の子だってことは間違いないんだから、渡海屋さんに知らせなきゃ。だってお武家でいったら側室の子みたいなものでしょ。父親のところへ返すのが道理よね」

「腹は借りものってことですね」

亮太を使いに行かせると、すぐに喜左衛門がやってきた。

「おお！　こりゃすごい！　淡雪にそっくりだ！」

「この子たちはそちらへお返ししますので」

「いやいや、それにはおよびません。子猫は福猫屋さんがお売りになってください」

「売る？　あたしたちが？」

「そうですよ。金目銀目の雄と雌を残して、あとの子猫たちは売るんです。大切に飼ってくれるところへね。そして残した二匹はまた子を産ませて、珍しい毛色や目をした子猫が生まれたらまた売ればいい。これから福猫屋さんは、珍しい猫を殖やして売るという商いもなさってください」

「それは渡海屋さんがおやりになればよろしいのではないでしょうか」

「実は、淡雪を買ったのはそういうもくろみもあったのです。それで、何度か見合いをさせましたがうまくいかなかった」

「それならばなおさらのこと、この子たちは渡海屋さんに引き取っていただかないと」

「戻って来てくれた淡雪と暮らすうち、考えを改めたんです。淡雪で金儲けをするなど恥ずかしい。金は本業の商いで稼ぐべきだと。だから、子猫たちは淡雪の命の恩人である福猫屋さんにお譲りいたします。この子たちを元手に商いをなさってください」

「でも、猫の里親探しをしているうちが、高価な猫を売ってお金儲けをしてよいものかどうか」

「こういう珍しい猫は、それなりの財力のある家できちんと飼われないと不幸になります。そう考えればこれも人と猫との縁結び。子猫を売った金は、ここにいる猫たちのかかりに使えばいいではないですか」

猫茶屋や猫貸しのように、珍しい猫を売るのを商いの柱のひとつにせよと、喜左衛門は言ってくれているのだ。お佐和は、以前、福《ふく》が産んだハチワレの次郎吉《じろきち》を上州《じょうしゅう》高崎《たかさき》の養蚕《ようさん》農家へやり、礼金七両をもらったことを思い出した。

次郎吉はネズミをたくさん退治してお蚕《かいこ》さまを守り、皆にかわいがられて幸せに暮らしている。

「はい。ではそうさせていただきます。ありがとうございます」

お佐和は深々と頭を下げた。

さあ、あんたたち。どこへもらってもらおうか。やっぱり大身のお武家様か大店がいい。

久貝の大殿様や森口屋の信左衛門さんのお知恵を借りなくちゃね。お佐和は眠っている子猫の頭をそっとなでた……。

第二話　ねこわずらい

1

「あっ、いや、これは俺の……」

「いいえ、私の……」

お佐和は思わず振り向いた。店の壁際にある売り物を並べた棚の前で、権兵衛と若い武家の女子《おなご》が手を握り合っている。

女子の歳は二十過ぎくらい。色が浅黒く、切れ長の目をした美人だ。凛《りん》としたたたずまいが印象深い。ふわふわした雰囲気の権兵衛とは正反対である。

いや、手を握り合っているのではなさそうだ。権兵衛が「ごほん」と、わざとらしい咳払《せきばら》いをした。

「この香箱《こうばこ》座りの三毛猫は、首のかしげ具合が絶妙なのです」

「はい、おっしゃる通りです。それに、この背の丸みがなんとも言えませぬ」

「そうなのです！　そして、このちょこんとのぞいた尻尾《しっぽ》の愛らしいことと言ったら……」

「胸がきゅんといたします。ですから、私はぜひこれを購《あがな》いたいと思うて」

「それは俺も同じにて。それに、猫をつかんだのは俺のほうが先でした」

「何をおっしゃるのです。私のほうが先です」

「どうかなさいましたか？」

お佐和は言い争っているふたりの側《そば》に座った。近くで見てようやくわかった。

権兵衛と女子はつるし飾り用の縮緬《ちりめん》細工の三毛猫をつかんで言い争っているのだ。どうやらふたりともその三毛猫を買いたいらしい。

「いいおとながみっともない。香箱座りの三毛猫なら、ほら、まだ七つもあるじゃないの」

お駒が縮緬細工の入った籠《かご》をふたりに見せた。

「この三毛猫たちは、ひとつひとつ表情や形が微妙に違う。そして、俺はこの三毛猫をたいそう気に入った」

「私もです。絶対にこの三毛猫がほしい」

「この三毛猫は特別なのだ」

権兵衛の言葉に女子が大きくうなずく。お駒が「はあっ」と大きなため息をついた。

このままでは埒《らち》が明かない。いったいどうすればいいだろう……。

うつむいて考え込んでいたお佐和は、心の中で「あっ！」と叫んだ。畳の上に落ちていた猫のひげを急いで拾い上げる。

「権兵衛様、ええと……」

「花津《かづ》と申します」

「では、権兵衛様と花津様、ここに猫のひげが二本あります。一本は根元まで白く、一本は根元が黒い。これをくじ代わりにして、根元が黒いのを当たりとするのはどうでしょうか」

「そりゃあ、名案だ。いつまでもつるし飾りの猫を引っ張りっこしてたってしょうがねえもの。なあ、皆もそう思うだろ」

徳右衛門の言葉にお年寄りたちがうなずく。

「俺は異存はないが、花津どのは？」

「私もそれでかまいませぬ」

お佐和は根元を隠して二本のひげを握った。

「では、三毛猫の頭をつかんでいらっしゃる花津様が先にひげを選ぶというのでよろしゅうございますか」

「ふむ。残り物には福があると申すし」

「では、こちらにいたします」

花津がひげの片方を指でつまんだ。

「俺はこちらということだな」

残りのひげを権兵衛がつまんだ。

「それでは」と言いながら、お佐和が手を開いた。花津が引いたくじの根元が黒、つまり当たりである。

「ああっ！　しまった！」

頭を抱え畳に突っ伏す権兵衛に対し、花津は満面の笑みを浮かべ、三毛猫の縮緬細工を握りしめている。

花津がお佐和のほうに向きなおった。

「それでは、薄板を一枚ください。あと紐《ひも》は赤でお願いします」

「承知いたしました。紐を縫《ぬ》いつけるついでに、薄板に紐を結びつけておきましょうか」

「はい、そのようにお願いいたします」

「権兵衛様、いつまでも畳に突っ伏していらしたんじゃあ、みっともないですよ」

「よいのだ。誰にも迷惑をかけておらぬ。ほうっておいてくれ」

「あ、お母上様が」

お駒の言葉に、権兵衛が勢いよく起き上がり、居ずまいを正す。そしていきなり顔をしかめた。

「おい、母上など来てはおらぬではないか。それにお駒、そなた母上に会《お》うたことはないはずじゃ」

「はい。確かにお会いしたことはございませんが、『いらっしゃった』だなんて、言っちゃいませんよ」

「ううむ」と権兵衛がうなったので、花津がくすりと笑った。

「花津どの。何を笑《わろ》うておるのです。そもそもそなたがいかぬのだ。その三毛猫は俺が買おうとしておったのに」

「私はくじ引きに勝って正々堂々とこの子を手に入れたのです。いつまでも未練がましいのは男らしゅうございませぬ」

「権兵衛様はかなりの猫好きでいらっしゃるけれど、花津様も相当なものだとお見受けしますが」

　忠兵衛が身を乗り出すようにして言った。

「ええ。もちろん猫は大好き。猫って呼んでも来ぬけれど、人に飼われていても飼い主に媚《こ》びないところがいいなと思って」

「平素つれなくしておきながら、通りすがりに体をすりつけていくのがまたうれしゅうてのう」

　権兵衛の言葉に花津が大きくうなずく。

「何か秘密の宝物をもろうた気がいたします」

「宝物とは言い得て妙」

　権兵衛と花津が顔を見合わせてほほ笑む。これはなかなか良い雰囲気なのではないか。

　お佐和がそっとあたりを見回すと、お駒と目が合った。お駒が意味ありげにうなずく。

「ああ、早く春が来ないかねえ」

「ほんと、待ち遠しい」

「花が咲くといいんだがなあ」

「実がなればさらにめでたい」

三十を過ぎた権兵衛様に果たして春が来るのだろうか。権兵衛様が妻を迎えれば、波留様の肩の荷も下りるだろうに……。

権兵衛としばらく楽しそうに語らったのち、花津は帰って行った。

「権兵衛様、ずいぶん花津様とお話がはずんでいらしたようですが」

「うむ、同じ猫好きどうしゆえな。なかなかに面白かった」

「それはようございましたね」

「ところで、花津様とは、今度いつお会いになるんですか？」

忠兵衛の問いに、権兵衛が小首をかしげる。

「いや、何も約しておらぬが」

お佐和とお年寄りたちは、顔を見合わせたため息をついた。

「皆、どうしたのだ。ため息などついて。腹でも痛いのか」

眉をひそめる権兵衛に、お佐和はほほ笑みかけた。

「いいえ、なんでもないんですよ。でも、花津様とはもう行き合わないかもしれません。いいんですか？　あんなに楽しそうに話してらしたのに」

腕組みをした権兵衛が胸を反らす。

「人の世は一期一会《いちごいちえ》。まあ、よいではないか」

ぶつぶつとお年寄りたちがつぶやいた。

「あたしたちは別にいいんだけどさ」

「まるで他人事《ひとごと》みたいに」

「やっぱり花は咲かねえか」

「あーあ、これじゃあ実なんて絶対無理だよな」


四日後、非番の権兵衛が福猫屋へやって来た。

「花津どのはあれから来ておられぬか」

汁粉を権兵衛の前に置いたお佐和は「はい」と応えた。

「そうか。まだ四日しかたっておらぬものな」

お駒がにっこりと笑った。

「権兵衛様、花津様のことが気になるんですか？」

お年寄りたちが、期待に満ちた目で権兵衛を見ている。

「また会いたいと思うて。猫好きどうしで話せたのがたいそう面白かったのだ」

お滝が小首をかしげた。

「どんなお話をなすったんでしょう？」

「ひなたぼっこをしている猫の腹に、つい顔をうずめてしまうこととか。……あれは、毛だらけになって顔を洗わねばならなくなるのだがなぜかやってしまうのだ。それから、猫がなでてくれと頭突きをするのでなでてやっていると、突然嚙まれるのは、なで方が悪いからなのか、それとも猫のきまぐれなのか」

「そんなのどうでもいいんじゃねえですか？」

「いや、よくはない、忠兵衛。猫というものは、おそらく人が嚙まれて痛い場所を心得ておる。たとえば……」

権兵衛が左の袖をめくった。

「こういう肉がついているところではなく、手首のように肉が少ないところに嚙みつく。あの鋭い牙を突き立てられた痛さときたら、思わず涙がにじむぞ。骨がぎしぎしときしむ心持ちがする」

「はあ、なるほど」

徳右衛門の気のない相槌《あいづち》にもめげず、権兵衛はしゃべり続ける。

「猫はかわいいが、痛いものは痛い。できることなら噛まれとうないではないか。猫の気持ちを慮《おもんぱか》るのは至極大切なこと」

　権兵衛がにやりと笑った。

「俺がこのようなことを申しても、いっこうに話が盛り上がらぬであろう。だが、花津どのは違うのだ」

「話がはずんでいらっしゃいましたものね」

「ずっとしゃべっていたかったんじゃありませんか？」

「それはそうだ、お駒。あんなに気が合う者はなかなかおらぬからな」

「ほう……」

　お年寄りたちが顔を見合わせうなずきあった。徳右衛門が「こほん」と咳払いをする。

「権兵衛様、衷心《ちゅうしん》より申し上げますが、それは『好もしい』の始まりでございますよ」

「は？　まさか」

「花津様とは、とても話がはずんですごく気が合ったから、ぜひまた会いたい。そうですよね？」

「ま、まあな」

「それが立派な『好もしい』の始まりってやつですからね」

「絶対に違う」

「権兵衛様は初めてだからわからねえだけですってば」

「馬鹿にするでない。俺だって女子を好もしいと思ったことくらい……う、そういえば一度も無いな……」

言葉に詰まった権兵衛は、しばらく口の中でもごもご言っていたが、突然、勢い良く立ち上がった。

「用向きを思い出したので、今日はこれで失礼いたす」

それから十日後、権兵衛が息せき切って店へやって来た。ぜいぜいとのどを鳴らしている。

「おかみさん、花津どのはあれからここへ来たか?」

「いいえ」

権兵衛ががっくりと肩を落とす。

「花津様がどうかなさったのですか?」

「え？　いや、あの、その……。ちょっと気になったのだ。まあ、また、猫の話などできれば一興かと」

「じれったいねえ。要するに花津様のことが忘れられないってことでしょ」

「そ、そういうことでは……」

「あら、そうですか。会いたくないんですね」

「い、いや、それは違う」

権兵衛が横鬢《よこびん》を人差し指でぽりぽりとかいた。

「この間、そなたらが妙なことを申したからいかぬのだ」

権兵衛がお年寄りたちを軽くにらんだが、皆、素知らぬ顔をしている。

「妙に花津どののことが思い出されてのう。笑うときに口に手を当てる様《さま》などのちょっとしたしぐさとか、目を伏せたときにまつげが長かったとか、些細《ささい》なことがふと目に浮かぶ」

「ほう」と言いながら身を乗り出す忠兵衛の袖を、徳兵衛がそっと引く。

「大きな声では申せぬが、お勤めの際も花津どののことばかり考えておる」

これはこれは……。お佐和はほほ笑んだ。お年寄りたちもふむふむとうなずいている。

「それゆえ、やはり花津どのとはよっぽど気が合うのだなあと思うて。また会いたいものよなと」

お年寄りたちの雰囲気が一変した。皆が苦笑いを浮かべている。へたをすれば舌打ちが出そうな勢いだ。

お滝が諭《さと》すように言う。

「権兵衛様、どうしてそこへ戻っておしまいになるんですか？　それは気が合うとは言わないんですよ」

「えっ！　違うのか。俺はてっきり猫好きどうし話がはずんだゆえ、気が合うのだとばかり思うておった」

「だからそうじゃなくて……。それは『恋』かと」

「まあ、俺も花津どのも、普通の猫好きよりは思い入れが強いゆえ、なるほど『濃い』であろうの」

「ああ、もう、何を言ってるんだか。権兵衛様は花津様のことを好いていらっしゃるってことです！」

お駒の言葉に、権兵衛が息をのむ。

「え、まさか。一度しか会うておらぬのに？」

「世の中には、一目惚《ぼ》れってえのがあるんですよ」

「そ、それくらい存じておる。しかし、この気持ちが『恋』だと？」

「二六時中花津様のことを考えていらっしゃるんでしょう？」

「ああ……時折夢にも出てくる」

「ほら、寝ても覚めてもってやつだ」

「そして会いたくてたまらなくなっちまったと」

「いや、そこまでは」

「ほう……ついさっき、ここまで走っていらしたんじゃないんですかい？」

「た、確かに。福猫屋に花津どのが来ているのなら、一刻も早く会いたいと思うたのだ」

「花津様のことが頭から離れねえ。今すぐ会いたい。これが恋じゃなくていったいなんなんです？」

　権兵衛が胸を押さえる。

「百歩譲ってこの気持ちが『恋』だとして、こんなに俺は花津どのに会いたいのに、それがかなわぬとは……」

「だから言わんこっちゃない。この間約束しときゃよかったんだ」

「今ごろ言ったって遅《おせ》えんだよ」

お佐和はすっかり気落ちしている様子の権兵衛が気の毒になってしまった。

「今度花津様がおみえになったら、次はいつ来られるのか聞いておきますね。そして亮太を使いにやりますから。……ただ、花津様はこの間、うちの品をたくさん買って帰られたので、当分いらっしゃらないか、あるいはもう来ないおつもりかもしれません」

「そういえば、そうであったな。よっぽど買い物が好きなのだなと思うたが、そういう理由なら合点《がてん》がゆく」

「ほんとうに一期一会になっちまった」

「忠兵衛さん、追い打ちをかけるようなことを言うんじゃないよ」

「すまねえ……」

権兵衛は大好物の汁粉も牡丹餅《ぼたもち》も食べずにそのまま帰って行った……。

2

半月が過ぎたが、花津が店へやってくることはなかった。すっかり気落ちした権兵衛は、福猫屋へやってきても、心ここにあらずという体《てい》でため息ばかりついている。

そんな出来事をよそに、行き倒れていたのをお佐和が助けた長毛の白猫で金目銀目の淡雪と、福猫屋にいる三毛猫モミジの間に生まれた子猫たちは、すっかり大きくなった。もうそろそろ里子に出してもよい頃合いである。

子猫たちは白の長毛の雄が一匹、雌が三匹、そして少し長い毛の三毛の雌が二匹。このうち白の長毛の雄と雌の一匹が金目銀目になった。

お佐和は、金目銀目の二匹を手元へ残し、あとの四匹を売るつもりでいる。

「おお！　これは見事じゃ」

店が休みの日に子猫たちを見に訪れた大殿が相好《そうごう》をくずす。権兵衛も今日は表情が明るい。

「金目銀目はここへ残すのであろう？」

「はい。雄の雪之丞《ゆきのじょう》と雌の小雪《こゆき》の二匹です」

「これが雪之丞か」

大殿がひょいと子猫を抱き上げた。

「小雪は……この子ですね。ああ、目の色が雪之丞より少し薄いのか……痛いっ！」

のぞき込んだ権兵衛のほおを、小雪が引っかいたのだ。権兵衛が手でほおを押さえる。

小雪は権兵衛のひざから走りおりると、毛を逆立てたまま背中を曲げ、つつっと横歩きをした。

「一人前に尻尾がふくらんでおる。小雪め、かなり怒っておるぞ。なかなかに気が強いのう」

懐紙でほおを押さえている権兵衛に、お佐和は慌てて頭を下げた。

「申し訳ございません」

大殿がにやりと笑った。

「よい、よい。子猫のしたことじゃ。非は、むざむざと引っかかれた権兵衛にある」

「そんな無茶な」

「武士が子猫ごときに顔を引っかかれるなど、言語道断。恥を知れ」

「……はい」

「小雪、こちらへ参れ」

大殿が手招きをすると、小雪はしばらく思案している様子だったが、やがてとことこと歩いて来て、大殿のひざに上がった。

入れ替わりのように、雪之丞が急いで大殿のひざから飛び降りた。そのまま勢いよく走り去る。

「おっとりしている雪之丞は、いつも喧嘩で負かされるので、小雪のことが苦手みたいなんです」

大殿が頭をなでると、小雪がごろごろとのどを鳴らした。

「小雪はなかなか見どころがあるのう」

「私は、雪之丞に同情いたします。これ、小雪よ。そんなに気が強うては誰も買うてくれぬぞ……あ、そうか。小雪は里子には出されぬのだったな」

「白が二匹に三毛が二匹。武家と商家に二匹ずつか」

「それが、商家へは里子に出さないことにしようかと考えております」

「どうしてじゃ？」

「最初は商家も里親として考えていたのですが、いくら子猫を商いの道具にしないと約定《やくじょう》を交わしても、そこは商人《あきんど》のこと。いざ珍しい猫を手に入れたら、殖やして売りたくなるのではないかと思うのです。品物のように売り買いされるのでは、猫があまりにも不憫《ふびん》」

「まあ、おそらくお佐和の心配通りになるであろうな。商売の種を常に探しておるのが商人というもの。その点、武家ならば珍しい猫で大っぴらに金儲けをするのは外聞が悪くはばかられる。まあ、下手をすればお家があやうくなるやもしれぬしな」

「そこで、八十様に、四匹の子猫たちを買い取ってくださるお方をご紹介いただきたいのです」

「承知いたした。子猫たちを末永《なご》うかわいがってくれる家を探してしんぜよう」

「ありがとうございます。お手数をおかけし申し訳ございませんが、どうぞよろしくお願いいたします」

「さて、子猫たちの売値はいかほどじゃ」

「白猫が十五両、三毛猫を十両といたしたいと思っております」

「ふむ。それでよい」

権兵衛の目が輝く。

「大殿は子猫をお買いになられるのでしょうか」

「わしが買うたら、権兵衛も子猫と遊べるゆえな」

「はい、その通りにて」

「権兵衛の考えそうなことじゃ。だが、わしは買わぬ」

「なぜですか？」

「白玉《しらたま》がかわいそうではないか」

白玉というのは、大殿が福猫屋を初めて訪れた際、もらって帰った雄の白い子猫である。

「長毛の子猫を飼うたら、どうしても皆の目がそちらに向く。白玉に寂しい思いをさせるのは忍びない」

「なるほど……」

白玉はほんとうに大殿様にかわいがられているのだ。お佐和は心底うれしかった。

「権兵衛とて、太郎がいちばんかわいいのだからわかるであろう」

「はい。まさにおっしゃる通りにございます」

「ほんに権兵衛は思慮が足らぬ。それゆえ、好いた女子に逃げられるのだ」

おやおや、大殿様も花津様のことをご存じなのだろうか……。

「ひ、人聞きの悪いことをおっしゃらないでください！　逃げられたのではありません。会えておらぬだけです」

大殿が目を細める。

「『好いた女子』というのは否定せぬのじゃな」

「えっ、いえ、それが、己でもようわからぬのです」

「どういうことじゃ？」

「私の気持ちは恋だと、福猫屋に参っておる年寄りたちは申すのですが。ほんとうにそうなのでしょうか」

「わしにたずねられてものう」

「申し訳ございませぬ」

大殿が、権兵衛の胸を軽く突いた。

「ここにずっとその女子はおるのか」

「はあ、ええ、まあ……」

「ならば恋と申さざるを得まい」

「そう、なのでしょうか」

「ほう、では一生会えずともよいのだな」

「いいえ！　それは嫌でございます！　……あっ！」

権兵衛の顔が真っ赤になった。

いつもながら大殿様のほうが権兵衛様より一枚も二枚も上手だ。権兵衛様はいいようにあしらわれてしまっている。

でも……。権兵衛様が勝てる相手というのはめったにいない気がする。うちの亮太くらいだろうか。

『花津』という名だけでは捜しようがない」

「……今度会うことがあったら苗字をたずねる所存にて」

「あきれたのう。苗字だけ聞いてなんとする。どこの家中の者かそれを確かめねば話にならぬではないか。権兵衛はその歳になるまでいったいなにをしておったのだ」

「はあ、とりたてては何も」

「それがいかぬ、と申しておる」

「……面目もありませず」

権兵衛が気の毒になったので、お佐和は助け船を出すことにした。

「八十様、お汁粉などいかがでしょう」

「うむ、いただくとするか。福猫屋の汁粉は夏の白玉にも劣らぬ美味ゆえな」

「権兵衛様もどうぞ」

「いつもすまぬのう」

うれしそうな権兵衛に大殿が舌打ちをする。

「こやつ、お佐和の気遣いをまったくわかっておらぬな」

「なにかおっしゃいましたか？」

「なにも申してはおらぬ」

笑ってしまいそうになるのをお佐和はこらえた。

十日のち、長毛の雌の白猫がもらわれることとなった。里親は大殿の知り合いで、旗本五千石の古賀《こが》家である。

大殿の知り合いは先代当主で、その奥方が最近飼い猫を亡くし、ふさぎ込んでいるとのことだった。引き取りに来るのは現当主の奥方の志乃《しの》という方だそう。

店が休みの日に、先方がわざわざ出向いてくれ、大殿立ち会いの下、子猫を引き渡すことになった。

お忍びでやってくるのだから気遣いはいらないと大殿には言われたが、お佐和としてはそうもいかない。以前大殿を初めて迎えたときのように、家じゅうの大掃除をすることとなった。

まあ、じきに師走《しわす》に入るので、お正月を向かえる準備だと思えばいい。

いよいよ当日になった。お佐和は庭に出て空を見上げた。分厚い灰色の雲におおわれている。

風がぴゅるりと首筋をなでる。おお、寒い。お佐和は急いで店に戻った。

客人は店に通すことになっている。大殿がそのほうがよいと言ったのだ。

大身《たいしん》旗本の妻女が下々の者が集う福猫屋のような店を訪れることはまずない。だから珍しくて楽しいだろうというのがその理由だ。

楽しいのは大殿様だけで、他のお武家様は違うのではとちらりと思ったが、珍しいことには間違いないと思いなおした。

部屋には火鉢を置き、お汁粉と甘酒の鍋、麦湯の薬缶《やかん》がかかっている。大皿に盛った牡丹餅には猫の毛がついたりしないように布巾をかぶせた。

猫たちは籠の中や座布団の上でくっつきあって眠っている。こういうのを猫団子というのだと、お駒さんが言っていたっけ。

今日は店が休みなのでお年寄りたちは来ていない。いつもお年寄りたちの機転や気働きに助けられているのでかなり心細かった。

大殿様のお付きが権兵衛様なのだもの。機転や気働きをあてにするなんてとても無理。

それどころか、権兵衛様が失敗したら取り繕《つくろ》わなきゃならないんだけど。うまくできるかしら……。

庭で足音がしたので、お佐和は縁側へ出た。

「寒いと思うたら、白いものが落ちてきおった」

お佐和は大殿と権兵衛に向かって頭を下げた。

「お寒い中ご足労をおかけし申し訳ございません。本日はどうぞよろしくお願いいたします」

「志乃殿はまだ来ておらぬじゃろ」

「はい」

「わしらは早めに屋敷を出たゆえな。先方が先に着いては、お佐和が困るだろうと思うて」

「お心遣い痛み入ります」

「なるほど、そうだったのですね」

感心している権兵衛に大殿が眉をひそめる。

「ほんにお前というやつは……」

「大殿、店の中はぬくうございますね。まるで極楽のよう……」

しゃがみ込んだ権兵衛が、うれしそうに火鉢に手をかざす。

「武士たるものが、火鉢になぞあたるではない。ほれ、どけ」

しぶしぶ火鉢から離れた権兵衛に代わって大殿が手をかざす。

「大殿……」

「なんじゃ、そのふくれっ面《つら》は。わしは年寄りゆえ、火鉢にあたっても許されるのだ」

「それでは私は、猫たちで暖をとるといたしましょう」

籠で寝ている猫たちの間に、権兵衛が両の手を突っ込んだ。

「はあ、猫の体は、ほんにぬくいのう」

しばらくすると、一匹のキジトラ猫が目を覚ました。権兵衛の手が冷たいせいで体が冷えたものと思われる。

猫は己の腹の側にある権兵衛の腕をしげしげと見つめていたが、いきなり大口を開けて噛みついた。

「ぎゃっ！」

権兵衛があわてて立ち上がったが、キジトラは噛みついたまま、前足で権兵衛の腕を抱え込んでいる。

「うわあ！　あいたたたた！　放せ！　放してくれ！　お願いだ！」

子猫たちも目を覚まし、大喜びで権兵衛に跳びついたりよじ登ったりし始めた。

「つ、爪を立てるな！　噛むのはやめろ！　痛い！　大殿、なんとかしてください！」

大殿は泰然と甘酒をすすっている。

「わしは知らぬ。自分が蒔《ま》いた種であろう。ここの甘酒はうまいのう。生姜《しょうが》がよう効いておる」

あまりに権兵衛が気の毒だったので、お佐和は近づいていって、権兵衛の体に鈴なりになっている子猫を一匹ずつ引きはがしにかかった。しかし、子猫たちは畳の上へ降ろされると、すぐにまた権兵衛に跳びつく。

どの子猫も目が真っ黒で、口の横のひげが生えているところがぷっくりとふくらんでいる。大興奮している証《あかし》だった。

「ごめんくださりませ」

女子の声がした。古賀家の奥方様がおいでになったに違いない。お佐和はあわてて障子を開ける。

美しくて品のよい女子が立っていた。歳は三十過ぎくらいだろうか。

「古賀志乃と申します。本日はよろしゅうお願いいたします」

「福猫屋の主《あるじ》、佐和と申します。こちらこそ、どうぞよろしくお願い申し上げます」

「こら！　やめろ！　やめてくれ！」

権兵衛の大声に、店の中を見やった志乃が「まあ」とつぶやき、うしろに控えていたお付きらしき女子に声をかけた。

「これ、花津。そなた、あの気の毒な御仁から子猫を引きはがしておあげなさい」

「承知いたしました」

お佐和は思わず「えっ」とつぶやいた。志乃から離れて顔を伏せていたのでわからなかったが、まさしくあの花津である。

花津はお佐和に会釈《えしやく》をすると、店にさっと上がった。そして隅に置いてあった備え付けのはたき型の猫じゃらしで、権兵衛にしがみついている子猫たちをしゅるしゅるとなでる。

子猫たちが猫じゃらしを見つめたところで、花津は人のいないところへ猫じゃらしを投げた。子猫が権兵衛の体から我先にと飛び降り、だだっと音を立てて猫じゃらしのほうへと走り去る。

「ほほう、これは見事じゃ」

相好をくずす大殿に、花津が頭を下げた。

「恐れ入ります」

「そなた、名は何と」

「立石《たていし》花津と申します」

着物の腕をまくって、子猫たちに嚙まれたりひっかかれたりした傷を調べていた権兵衛が、はじかれたように顔を上げた。

「か、花津どのっ！」

花津がにこりと笑う。

「権兵衛様……」

お佐和は志乃様に座布団をすすめた。

花津様が志乃様のお付きだなんてびっくりしちゃった。こんなことがほんとうにあるのね。もしかすると権兵衛様の願いを神様や仏様がきいてくださったのかしら。

このふたり、ご縁があるのかもしれない……。

大殿が小声でお佐和にたずねた。

「ひょっとして、この女子が、権兵衛の思い人か？」

「はい」

「権兵衛め、女子を見る目がないのかと思うておったが、なかなかどうして。それにどうやら運よく家格も釣り合《お》うておるようじゃ」

ぼうっと花津を見ていた権兵衛が、はっと我に返った。

「わ、私、ずっと花津どのにお会いしたいと思うておりました！」

花津がほほ笑む。

「私もです」

みるみる権兵衛の顔が赤くなった。

「な、なんと！　花津どのも同じ気持ちでいてくださったとは……」

「あのときは猫の話がたんとできて、とても楽しゅうございましたね」

権兵衛が、がばっとひれ伏した。

「花津どのっ！　私と夫婦《めおと》になってくだされ！」

ああ……。お佐和は心の中でため息をついた。

権兵衛様、いつもは物事がすぐには決められないのに、どうして今日に限って大胆なんだろう。こんな皆のいるところで。

それもいきなり夫婦になってくれだなんて。てんでだめ……。

志乃はほほ笑んでいるが、花津はさすがに驚いている様子だ。無理もない。

ほんとにもう、女心がわかってないんだから……。お母上の波留様がご覧になったらどんなに嘆かれるだろう。

「おい、権兵衛。いかに恋い焦がれておったからというて、いくらなんでも事を急ぎ過ぎじゃ。物事には順序というものがある。それに花津とて、心の準備もあろうし。

なによりこんなところで返事のしようがないではないか」

「えっ、そういうものなのですか？　なにせ私、初めてなものでなにも知り申さず。善は急げなのかと思うておりました」

「急《せ》いては事を仕損じるとも言うのう」

「え、縁起でもないことをおっしゃらないでくださいませ」

権兵衛はしばらくもじもじしていたが、やがて意を決したように口を開いた。

「花津どの、申し訳ない。ずっとお会いしたかったので、つい、我を忘れてしもうたのだ。失礼なことをしてすまぬ。だが、私の気持ちは申した通りだ。もう急かしたりはせぬゆえ、じっくり考えて後日返事をもらいたい」

あの権兵衛様が！　きちんと自分のお気持ちを話されている。

よっぽど花津様のことを好いていらっしゃるんだ。お佐和は胸が熱くなった。

夫婦になってくれといきなり言ったのは確かにまずかったけれど、案外花津様は心を動かされたのではないだろうか。

だって権兵衛様がこんなに一生懸命なのだもの……。

うつむいていた花津が顔を上げた。機嫌を損ねてはいない様子だ。

お佐和はほっと胸をなでおろした。

「じっくり考えるまでもないことゆえ、今ここで申し上げまする。私、権兵衛様と夫婦になる気は毛頭ございませぬ」

沈黙が流れた……。お佐和はもちろん、さすがの大殿も何も言うことができないでいる。

「花津、この場で断るなど、あまりにも失礼な。権兵衛どののお気持ちも考えてみなされ」

「奥方様、花津がお断りしたのは、権兵衛様のお心を思うてのことです。変に気を持たせるほうがむごいかと……」

返す言葉が見つからないのだろう。志乃も口をつぐんでしまった。

権兵衛の顔から血の気が引いてしまっているのが痛ましい。

「わはは！　派手にふられたのう、権兵衛」

大殿が権兵衛の背中を〈ばんっ〉とたたいた。思わず権兵衛がよろめく。

「はあ……」

「かくなる上はすっぱりとあきらめよ」

「……はい」

ふらふらと権兵衛が立ち上がる。

「厠《かわや》を拝借」

おぼつかない足取りで権兵衛は店を出て行った。

ああ、なんということだろう。

それにしても……。お佐和はそっと花津の顔を見た。

顔色ひとつ変えていない。あんな断り方をしておいて。

お佐和はだんだん腹が立ってきた。せっかく権兵衛様ががんばったのに。

でも、これでよかったのかもしれない。花津様の本性がわかって。

祝言《しゅうげん》を上げてからでは遅いもの。

子猫を里子にやっても大丈夫だろうか。志乃様はお優しいけれど、花津様が……。

断ったら角が立つ。相手はお武家様だ。でも、猫がひどい目に遭ったら……。

あっ、そうだ！　子猫は志乃様にもらわれるのではなく、志乃様のお姑《しゅうとめ》様にもらわれるんだった。

お姑様のお付きは花津様じゃない。だから子猫は大丈夫。よかった……。

前に店にいらしたときは、良い方だと思ったんだけれど。花津様がまさかこんな人だったとは。

3

「今日、花津様が店にいらしたのよ」

夕餉《ゆうげ》のおかずであるブリと大根の煮物を食べていた繁蔵が目を見張る。

「花津様って、権兵衛様が惚れてるっていう？」

「ええ。子猫を引き取りに来た古賀家の奥方様にお仕えしてるんですって」

「大殿様が立ち会いをなさったのだったら、権兵衛様もいらしてましたよね」

「そうなのよ、お縫ちゃん」

亮太が身を乗り出す。

「どうなったんですか？　感激の再会は……って、浮かない顔ですね。おかみさん」

「感激のあまり権兵衛様が『私と夫婦になってくだされ！』って言ってしまわれて」

「ええっ！　いきなり！　よっぽどうれしかったんだろうけど」

「そうしたら花津様が、『私、権兵衛様と夫婦になる気は毛頭ございませぬ』って」

繁蔵が天井を仰ぎ、お縫がうつむいた。うしろへ倒れた亮太が、頭を抱えてごろごろと転がった。

「そりゃあ権兵衛様には気の毒だったな。それでそのあとどうなったんだ？」

「権兵衛様は厠へ立たれたの。あたしはすっかり気が動転してしまって。大殿様が仕切ってくださったのがありがたかった」

「さすがは大殿様ですね。でも、その場で断るのって、とてもあたしには無理です」

「でしょ。あたしもなんだかひどいなあって思っちゃった」

「まあ、後日、断りの文を書くってえのが筋だろうな」

「ああ、権兵衛様、かわいそう。どうしていらっしゃるだろう」

「おい、いつまでも寝転がってねえでさっさと飯を食え」

「はい」と言いながら亮太がもそもそと起き上がる。

「いやに権兵衛様に肩入れしてるじゃねえか、亮太」

「自分の身に置き換えたら、なんだかたまらなくなっちまって」

「『自分の身』って、亮太は誰か好きな女子でもいるのか？」

「いませんよ。やだな、お縫さんったらいきなり」

お佐和は大きなため息をついた。

「権兵衛様が店へいらしたら、あたしどんな顔をしたらいいんだろう」

「いつも通りでいいんじゃねえのか」

「俺だったら、振られたことについては何も言わねえでほしいです」

「お汁粉を多めに入れてあげるといいかもしれません」

「そうね。知らん顔して、普段通りにするわ。あ、お駒さんたちには事情を話しておかないと」

次の日、いつも通り一番乗りで店へやって来たお年寄りたちに、お佐和は事の次第を話した。

「ひゃあ、あの権兵衛様がよく『夫婦になってくれ』って言えたもんだ」

「それだけ花津様のことが好きだったのよ」

「年甲斐もなく、皆でけしかけちまったからなあ」

「ちょっとやり過ぎだったたんじゃねえか」

「だけど焚《た》きつけなきゃ、権兵衛様のことだ。自分の恋心なんて一生気づきゃしないもの」

「まあ、『当たって砕けろ』って言うし」

「砕け散っちまったけどさ」

徳右衛門が顔をしかめる。

「忠さん、権兵衛様に、めったなことを言っちゃいけねえぜ」

「大丈夫だよ」

「どうだかなあ、忠さんが一番あぶねえんだから」

「それにしても、あたしゃ、花津様をみそこなっちまったね。なにもその場で断らなくてもいいじゃないか」

「そうなのよ。権兵衛様がかわいそう」

「俺はきつい女子は、あんまり好きじゃねえな」

「きついっていうより、優しくねえってこったろ」

麦湯が入った湯呑みを両手で包み込むようにしながら、お滝がため息をついた。

「権兵衛様、またここへいらっしゃるかねえ」

「しばらくは無理じゃねえか」

「心の傷が癒えるにはなかなか時がかかるよ」

「来たらそっとしておいてあげなきゃね」

「あたしたちはその場にいなかったんだから。おかみさんからも話を聞かなかったことにしなくっちゃ」

お駒の言葉に、忠兵衛が腕組みをする。

「だったら、ほんとに話を聞かなかったほうがよかったんじゃねえのか。知らなきゃ話しようがねえもの」

「いや、知っておかねえと。つい、よけいなことを口走っちまったら大変だからな」

「そうかなあ」

「そうだよ。特に忠兵衛さんがね」

「えっ！　俺なのかい？」

「ほら、そういうとこですよ。心配なのは」

「まいったなあ」

頭をかく忠兵衛に、徳右衛門が真顔で言った。

「これ以上権兵衛様を気の毒な目に遭わせたくねえからな。皆で気をつけよう」

「うん、励ましてやらなくちゃ」

「ああ、もう。知らん顔って言ったじゃねえか、忠さん」


師走に入ってまた一段と寒さが増した。今日は晴れているが、風が吹いているので暖かさはあまり感じられない。

お佐和は旗本五千石の古賀家へと向かっていた。里子に出した子猫の様子を見るためである。

大身のお武家様だから不自由なく暮らしているにきまっている。なにもわざわざ見に行く必要はないのではないかと最初は思ったが、やはり自分の目できちんと確かめることにしたのだった。

子猫が辛い目に遭っていたらもちろん連れて帰る。その際は先方が支払った十五両は返さなくてはならない。

だからお佐和は胴巻きに金を入れてきていた。

「うう、寒い」

亮太が懐手をして背を丸めた。お佐和はひとりで来るつもりだったが、亮太が一緒に行きたいと言ったのだ。

大身のお武家の様子を見てみたいとのこと。将来繁蔵のあとを継いで、高価な簪《かんざし》を作るのなら、それを身に着ける女子たちがどんな暮らしをしているのか知らなければいけないというのが亮太の考えだった。

繁蔵に話してみたところ、許しがもらえた。そこで、お佐和に同行することになったのである。

「焼き芋でも買って歩きながら食べる？　体もあったまるし」

お佐和の提案に、亮太の顔が輝く。

「ふたつ買って、ひとつは懐に入れておくといいですよね」

「じゃあ、亮太はそうなさい。あたしはふたつも食べられないから」


古賀家に着いたお佐和は、門番に用件を告げた。文字通り門前払いされるのではと案じていたのだが、屋敷へ走った門番が戻って来て、中へ入ることを許された。

「ひええ、でっかい屋敷」

「これ、亮太。静かに」

「すみません。俺、こんなに大きな屋敷、初めて見ました」

「あたしもよ」

「え、そうなんですか」

「だって、これまで武家屋敷なんて縁がなかったもの」

「玄関まで遠いですね……」

屋敷へ通されたお佐和と亮太は、侍女らしき女子の案内で長い廊下を何度か曲がったところにある座敷へ通された。

「こちらでお待ちください」

女子が立ち去ると、亮太が立っていって襖《ふすま》を眺めた。

「上等な襖紙ですね。派手じゃなく、上品で。引手の細工も細けえや」

顔を上げた亮太が「わあ！」と言ったので、お佐和もつられて上を向いた。

「すげえ欄間《らんま》。腕のいい職人が高級な材料で作ったんだ。大身のお旗本って、上等な物に囲まれて暮らしてるんだな。高《たけ》え簪注文するはずだぜ」

亮太はすっかり興奮して部屋の中を歩き回っていたが、廊下から足音が聞こえたので、あわててお佐和の隣に座った。

現れたのは六十前くらいの小柄な女子だった。上品で優しそうな雰囲気の美人である。

女子は胸に白の毛の長い子猫を抱き、うしろにはお佐和たちをこの部屋へ案内してくれた侍女らしき女子が付き従っている。お佐和と亮太は頭を下げた。

「私は先代当主の室で千枝《ちえ》と申す。そなたが福猫屋の主、お佐和か？」

千枝の声は決して大きくないがよく通る。

「はい。突然お邪魔して申し訳ございません。お買い求めいただいた子猫の様子を見にうかがいました。隣におりますのは私の甥の亮太です」

「亮太と申します。錺《かざり》職の修業をいたしております」

「ふたりとも面《おもて》を上げなされ。用件は承知しました。子猫が気にかかるのは当然のこと。ほれ、あられはこの通り元気一杯じゃ」

千枝が畳の上におろすと、あられは走って来てお佐和に跳びついた。何度も胸に頭突きをする。

お佐和はあられを抱いて頭をなでた。あられがごろごろとのどを鳴らす。

あられはよく肥《こ》えてひと回り大きくなっていた。毛並みもつやがあって美しく、毛玉ひとつない。

「覚えていてくれたの？　良い名をいただいたのね」

「おかみさん、俺にも抱かせてください」

亮太が伸ばした手をあられが勢いよく払った。そっぽを向いてお佐和のわきに顔をうずめる。

「ひでえなあ、俺のこと忘れちまったのか？」

亮太が頭をそっとつついても、あられは見向きもしなかった。亮太が情けなさそうな顔をしたので、千枝がころころと笑う。

千枝の笑い声を聞くと、あられがぱっと顔を上げ、お佐和のひざから走りおりると千枝の腕に飛び込んだ。

「おお、おお、私が良いのか」

千枝が嬉しそうにあられにほおずりをする。

「先だって、かわいがっていた猫を亡くしてのう。ふさぎ込んでいた私を息子と嫁が案じてこの子をくれたのじゃ。死んだ猫とは似ても似つかぬ毛が長い珍しい猫ならば、思い出してつらいこともなかろうとな」

ああ、そうだったのかとお佐和は得心がいった。

「死んだら悲しいゆえ、もう猫は飼わぬと申しておったのに、『猫で空いた心の穴は猫でしかふさがらぬものです』と息子が無理に押し付けて行った」

「穴はふさがりましたか？」

「これ、亮太」

「よい、よい。すっかり元通りとはまだまいらぬが、あられのおかげでだいぶふさがったようじゃ」

「それはようございました」

お佐和は居ずまいを正し、丁寧に頭を下げた。

「それでは私どもはこれにて失礼いたします。あられを大切にしてくださってありがとうございます。末永くかわいがってやってくださいませ」

「承知いたした」

「……あのっ！　志乃様にお仕えしている立石花津様にお会いできないでしょうか。お聞きしたいことがあるんです」

亮太の言葉にあまりに驚いて、お佐和は一瞬口がきけなかった。

「花津がどうかしたのか？」

「亮太！　何を言い出すの！」

「だってあのままでは権兵衛様があまりにもかわいそうです」

「はて、権兵衛とは……。理由《わけ》を話してみよ」

「どうぞお忘れくださいませ。この子のたわごとですので」

「いや、このまま帰したのでは気になる。亮太とやら、申してみよ」

お佐和のひたいに脂汗がにじんだ。まさか、亮太がついてきたのは、これが目当てだったのだろうか……。

権兵衛様の一件は確かに気の毒だし、花津様のやりようもどうかと思う。だが、花津様には権兵衛様と夫婦になる気がないのだ。

いくら問いただしてもそれが覆《くつがえ》ることはない。権兵衛様にとっては恥の上塗りになるだけだ。

また、こんな失礼なことをしでかして、亮太にお咎《とが》めがあったらどうしよう。大殿様と違って、千枝様とは初対面だ。

久貝家とは大殿様や縮緬細工作りで親しいつながりがあるが、古賀家とは何の縁もない。

無礼だと言って手討《てうち》にされても文句は言えない。相手は直参《じきさん》の大身旗本なのだから。

もし、亮太がお手討になるのだったら、あたしが身代わりになろう……。

お佐和の必死の覚悟をよそに、亮太が口を開いた。

「ええと、久貝様のご家来に梨野権兵衛様とおっしゃる方がいます。その権兵衛様が福猫屋にいらしていた花津様を見染めました」

「ほう……」

「権兵衛様と花津様はまた会う約束もしなかったのですが、日がたつにつれて権兵衛様の花津様への思いは募り、会いたくてたまらなくなりました。でも、どこの誰かすらわからない。そんなとき、志乃様のお付きとして、花津様が福猫屋にいらしたのです」

「あられを引き取りに行った折の話じゃな。たしか久貝の大殿様が立ち会われたのではなかったか」

「はい。大殿様のお付きの権兵衛様は、思いがけなく花津様に再会して喜び過ぎて頭に血がのぼって、花津様に『夫婦になってほしい』と言ってしまったんです」

「いきなりか？　前触れもなく？」

「そうなんです。俺も聞いたときはびっくりしました」

「花津はどうした？」

「それが……。その場で断っちまったんです。『権兵衛様と夫婦になる気は毛頭ない』って」

「……それはあまりにもむごい」

「俺もそう思います。どうして権兵衛様と夫婦になれねえのか理由を聞きたいんです」

「聞いてどうする」

「権兵衛様に何か悪いところがあるんだったら、がんばってなおせばなんとかなるかもしれねえし。たとえどうにもならなくても、理由くらいわからねえと権兵衛様も浮かばれません」

「亮太の申すことはもっともよのう」

千枝が、侍女に志乃と花津を連れてくるように申し付けた。

どうしよう……。事がだんだん大きくなる。

千枝様のお叱《しか》りはとりあえず免れたが、志乃様と花津様のお話によってお怒りになられるかもしれない。

とても安心はできなかった。

ほどなく、志乃と花津が部屋に入ってきた。志乃はほほ笑んでいるが、さすがに花津は緊張しているようだ。

志乃が千枝の隣、花津は志乃の左手側にそれぞれ座った。

「花津、ここにいる男がそなたにたずねたいことがあるそうな」

亮太が花津に向かって頭を下げる。

「お初にお目にかかります。福猫屋の主お佐和の甥で亮太と申します。錺職の修業をいたしております」

亮太が背筋を伸ばし、すっと息を吸い込んだ。

「権兵衛様は大の猫好きですが、その代わり、女子にはあまり興味がないようです。嫁をもらうのは面倒くさいし、一家の主として妻子を養っていくのは骨が折れるとのことで所帯を持つ気はないと。梨野のお家も、ご自分が隠居するくらいの歳になったら親類から養子をもらって継がせるとおっしゃって、大殿様をあきれさせていらっしゃいました」

千枝も志乃も花津も、驚きの表情を浮かべている。お佐和は焦った。

亮太はいったいどういうつもりなのだろう。

「でも、そんな権兵衛様が花津様に一目惚れして、夫婦になりたいと申された。これはもう、花津様は権兵衛様の運命の人ってことです」

千枝が小首をかしげる。

「運命の人とな？」

できることなら、亮太の襟首をつかんで引きずって帰りたい……。そうだ！

お佐和は袖を引くふりをして、亮太の腕をつねった。

「痛い！　何でつねるんですよう。せっかく運命の人の話をしてるってえのに」

……頭に拳骨《げんこつ》を食らわせてやればよかった。

「よい、よい。申してみよ」

「人は運命の人と夫婦になるんです。権兵衛様が所帯を持つ気はないと勝手なことを言っていたのは、運命の人とまだめぐり合っていなかったからです」

亮太が身を乗り出す。

「運命の人と出会っても、最初はわかりません。しばらくして、なんだかその女子のことばっかりずっと考えてるな。なんでだろうって思います。そして、その女子を思い浮かべると胸がどきどきしたり、顔が火照ったりするようになります。会いたくてたまらなくなって、女子の家へ行ってそっと物陰から姿を見たりします。一緒に並んで歩いたり、団子をおごったりしたくても、勇気が出ません」

「もしや亮太、そなたは運命の人とやらに出会うたのか」

「はい。福猫屋と同じ両国《りょうごく》にある小さな飯屋の娘です。お民はまだ十一だし、俺も修業中の身なので、気持ちは打ち明けてません。でも、いつか夫婦になりたいと思っています」

『えええっ！』とお佐和は心の中で叫んだ。だが、驚くと同時に納得してもいた。いつか亮太が自分はこういう女子が好みだというのを口にしていたが、思えばお民はそれにぴったりだったのだ。

亮太ったら、そうなんだ……。こんな場だというのに、お佐和はしみじみしてしまった。

お民ちゃんは様子だけじゃなく気立てもいい。錺職の仕事に興味津々だったし、猫好きだ。

亮太と夫婦になって、福猫屋を手伝ってくれたらいいんだけれど……。あら、嫌だ。あたしったら何を考えてるんだろう。

「権兵衛様は花津様がどこの誰だかわからなくて、福猫屋へもあれっきり来ないし、もう会えないとあきらめていた。でも、会えないからいっそう思いが募ってたまらなくなっていた。そこへ花津様が現れたので、いきなり夫婦になってくれと言ってしまった。だから権兵衛様の非礼は大目に見てあげてほしいなって思うんです」

「ふむ。権兵衛の胸のうちはわかった。花津もわかったのう」

千枝に聞かれて花津が「はい」と答える。

「俺が花津様に聞きたいのは、権兵衛様と夫婦になれない理由です」

「ひとつ誤解を解いておかねばならぬのですが、特に権兵衛様に限ってということではないのです。私は誰とも夫婦になる気はありません」

「えっ！　権兵衛様がだめだってことじゃねえんだ。やったあ！」

「いえ、だからそうじゃなくて。私はずっと独り身でおるつもりなのです」

「どうしてですか？　そんなに綺麗なのに。もったいないねえ」

言葉に詰まった花津がほおを染める。

「……美月《みづき》様と離れとうないのです」

志乃が目を見開く。

「花津、そなた……」

美月様というのはおそらく志乃様のお子様。花津様はその方のお世話もされているのだろう。

「ちょっと待て。志乃、確か美月は……」

「はい、お義母《かあ》様。私が飼っております猫にございます」

「ええっ！　猫と離れたくないから嫁にいかねえってことですか？」

花津がこくりとうなずく。

「さすがは権兵衛様の運命の人。こりゃあ筋金入りの猫好きだ！」

4

「ええっ！　猫と離れたくない？」

権兵衛が大声で叫んだ。隣に座っている権兵衛の母波留が眉をひそめる。

古賀家を辞したその足で、お佐和と亮太は権兵衛に会うために久貝家を訪ねたのだった。権兵衛は非番ということで、屋敷内の長屋に案内された。

非番の日はいつも福猫屋にやって来る権兵衛だが、花津の一件以来足が遠のいている。

「はい。どうやら長屋でごろごろして過ごしているらしかった。

「はい。だから花津様は、権兵衛様が嫌で断ったわけではないそうです。誰とも夫婦にならないと」

「おお、そうか。俺にも運が向いてきたぞ」

「権兵衛、そなたは何を言うておるのじゃ。理由がわかっただけで、花津どのがそなたと夫婦にならぬというのは変わらぬではないか」

「いいえ、母上。花津どのは猫と離れとうないのです。ということは、離れずにすめば夫婦になるということ」

そういう考え方もできるが、その場合、相手が権兵衛様とは限らない。そう思ったが、お佐和は黙っていた。

「俺が花津どのの、つまり立石家の婿《むこ》になればよいのです！」

ぴしり！　という音がして、権兵衛が畳に突っ伏した。波留が扇で権兵衛の額を打ったのだ。

「この大たわけめが！　そなたは当主ぞ！　梨野の家はいったいどうするつもりじゃ！」

権兵衛が額を押さえて起き上がる。

「そ、それは親類の誰かから養子をとれば……」

「今、なんと?」

「い、いえ、あの……俺と花津どのの子のうち、誰かひとりを据えるのがよいかと」

「その子が大きゅうなるまで、梨野の家はいかがいたす」

「ですから、そこはやはり親類の誰かに……」

「黙れっ!」

「……あのう、権兵衛様」

「おお、亮太。礼を申すぞ。よくぞ花津どのの気持ちを確かめてくれた」

「そのことなんですが……」

「何だ? 遠慮せず申してみよ」

「花津様が権兵衛様と夫婦になる気があるかどうかは、わからねえんじゃないでしょうか」

「え?」

「権兵衛様に非がねえからって、花津様が権兵衛様のことを好きだとは限らねえんじゃ……」

波留が「ぶっ！」と吹き出した。

「亮太の申す通りじゃ。勘違いも甚だしい。舞い上がっておるのはそなただけぞ」

すがるような目で権兵衛に見られて胸が痛んだが、お佐和はそっとうつむいた。権兵衛が「はああっ」とため息をつく。

「考えてもみよ。花津どのが一番好いておるのは美月とかいう猫なのだぞ。もうすでに権兵衛は負けておるではないか」

「人の中では一番やもしれませぬ」

必死に言い募る権兵衛に、波留がすっと目を細めた。

「そのたいそうな自信はいったいどこから来るのであろうな。……まあ、よい。それほど花津どのを好いておるのなら、気持ちを確かめてみよ」

「へっ？」

「見合いをすれば済むことじゃ」

「いや、でも、それは……」

「何を怖《お》じておる。さっきの勢いはどうした。本来ならば親の決めた相手と祝言を上げねばならぬところ、見合いをさせてやろうと言うておるのじゃ。どこに文句がある」

「……お母上様」

「亮太、どうかしたか」

「花津様のお気持ちを確かめて、万一権兵衛様のことをお好きでも」

「おい、万一とはなんだ、万一とは。そこはせめて百にひとつくらいにしてくれ」

波留ににらまれ、権兵衛があわてて口をつぐむ。

「猫と離れたくない花津様が嫁入りすることはなく、権兵衛様の婿入りも許されねえとあっては、何のための見合いなんでしょうか」

「それはな、花津どのの気持ちが権兵衛の上にはないことを知って、権兵衛が己の未練を断つための見合いじゃ」

「……母上。それはあまりのおっしゃりようにて」

権兵衛ががっくりと肩を落とす。

「善は急げ。さっそく日取りを決めねばな」

権兵衛と花津の見合いは、店が休みの日、福猫屋でおこなわれた。見合いと言っても親族は同席せず、当人たちと立会人の大殿のみの簡素なものである。

お佐和は客間へ通ってもらいたかったのだが、皆が望んだので、猫だらけの店の座敷でということになった。

せめてもとの思いで来客用の座布団を用意したのだが、すでに猫たちに占領されてしまっている。寒いので猫たちがくっつき合っておとなしく眠っているのが救いだった。

「せ、せっかくの休みの日に、面倒をかけてすまぬ」

やって来た権兵衛が頭を下げたが、緊張しているからだろう。体の動きがぎくしゃくしている。

「権兵衛、そんなにしゃちほこばっていたのでは、花津に笑われてしまうぞ」

「あっ、はい。気をつけまする」

よけいに硬くなった権兵衛を見て、大殿がにやりと笑う。今日の見合いを目いっぱい楽しもうという腹づもりのようだった。

ほどなく花津がやって来た。藍鼠《あいねず》色の地色に吉祥《きっしょう》文様をあしらった晴れ着が、花津の凛とした美しさを際立たせている。

花津に見とれていた権兵衛が、大殿の咳払いで我に返る。お佐和は花津の前に茶菓を置いた。

「堅苦しいことは抜きで、ざっくばらんに己の気持ちを申すがよい」

ほおを染めた権兵衛が顔を伏せる。おやおや……。お佐和は心の中でため息をついた。

「御免！」

誰だろう。今日は休みだと表に札を出してあるのに……。

お佐和は急いで障子を開けた。三十半ばくらいの大柄で恰幅《かっぷく》のよい武士が立っている。

眉が太くてどんぐり眼。金太郎がそのまま大きくなったような顔つきである。

「立石数馬《かずま》と申す」

「兄上、付き添いはいらぬと申したはずです」

どうやら数馬は花津の兄であるらしい。数馬は眉を下げ、でれでれとした顔つきになった。

「わかっておる。わかっておるが心配でのう。いてもたってもおられなんだのじゃ。花津が嫌と申すなら、座敷に上がらずここにおるゆえ」

「福猫屋の主で佐和と申します。庭は寒うございます。どうぞ中へお入りくださいませ」

「これはかたじけない。よいか、花津」

数馬に上目遣いで見られ、花津がつんとそっぽを向いた。

「お上がりくだされ、兄上。風邪《かぜ》をひかれては困りますゆえ」

数馬は花津の隣に座り、大殿と挨拶をかわした。

「ほう、この御仁が……」

数馬が値踏みするように権兵衛を眺める。ものすごい威圧感だ。

かわいそうに権兵衛はすっかり縮こまってしまっている。

「な、梨野権兵衛と申します。本日はお日柄もよく……」

必死に力を振り絞って挨拶をした権兵衛は、もう息も絶え絶えという様子だ。数馬が落胆の表情を浮かべている。

権兵衛様、しっかりなさってください！　お佐和は心の中で声援を送った。

「私も、妹がどういたすつもりなのか、まったく聞いておらぬのです。いや、尋ねたのですが、教えてもらえなんだ。花津、そなたの気持ちを申してみよ」

冷ややかな声で花津が応えた。

「兄上、もうおしゃべりにならないでくださいませ。それができぬのなら、花津は金輪際兄上とは口をききませせぬ」

「す、すまぬ。あいわかった。黙るゆえ許してくれ」

しおしおとうなだれてしまった数馬に、吹き出しそうになるのをお佐和はこらえた。

花津がすっと背筋を伸ばす。

「私、美月様を賜りました」

どういうことかわからなかったので、相槌を打つことがかなわず、お佐和は口をつぐんだ。他の三人も同様であったらしく、沈黙が流れた。

花津がじれったそうに、権兵衛を見据えて再び口を開く。

「ですから、美月様を賜ったのです」

「そ、それが何か……」

気圧《けお》されているものか、権兵衛の声がかすれている。

「まあ！『それが何か』ですって？」

みるみる花津のほおが染まる。心中ははかりかねたが、恥じらっているのではないことだけは確かだった。

ずいっと、花津が身を乗り出すと、「ひっ」と小さな悲鳴を上げながら権兵衛が少しのけぞった。

「志乃様は、祝言の祝いに美月様をくださったのです」

「……祝言？」

「なぜ他人事のようにおっしゃっているのでしょうか。私と権兵衛様の祝言ですのに」

「……えええええっ！」

権兵衛が叫ぶ。お佐和と大殿は顔を見合わせた。目を大きく見開いた数馬が、手で自分の口を押さえる。

大殿が「こほん」と咳払いをした。

「ええと、花津。もう少しわかるように話してくれまいか」

「志乃様が私におたずねになったのです。『美月のことを抜きにして、権兵衛と夫婦になる気はあるのか』。私が『はい』と申し上げたところ、『ならば美月をそなたにつかわそう。祝言の祝いじゃ』とおっしゃいました」

「で、花津は美月を連れて梨野家へ嫁ぐ決心をしたと」

「その場で決心をしたわけではございませぬ。元々美月様のことがなければ嫁ぎたいと思うておりましたゆえ」

「……ほう、さようか」

さすがの大殿様が花津様に押され気味なのがおかしかった。

「か、花津どの、私の嫁になってくださるというはまことか」

「はい」

「かたじけない！」

権兵衛が顔をくしゃくしゃにしながら頭を下げた。

「ひとつ申しておかねばならぬことがあるのだが……」

「なんでしょう」

「いや、あの、その……」

「はっきりなさいませ！」

「す、すまぬ。我が母上は、手ごわい姑になるやもしれぬ」

「わはは！」と大殿が笑った。

「権兵衛よ、案ずるでない。この花津なら、波留に従い、立派に梨野の嫁の務めを果たすであろうよ」

「は、はあ……」

「う……あ……はぐっ……ぶひょう……」

手で口を押さえながら数馬が泣いている。

「なにはともあれめでたい！」

上機嫌の大殿に背中をたたかれ、権兵衛が前へのめった……。

年が明けて早々、権兵衛と花津が祝言を上げた。ふたりとももう若くはないので、一日も早く夫婦になったほうがよいということになったのだ。

また、権兵衛が『花津どのの気が変わらぬうちに』と急いだのだといううわさもある。

祝言からほどなくして、夫婦となったふたりが、福猫屋を訪れた。来ると知らされていたので、お年寄りたちは、皆、朝からそわそわし、今か今かと待っていた。

「あっ！　おいでになった」

「まあ、花津様のお美しいこと」

「権兵衛様もちっとばかり男っぷりが上がったみてえだ」

「俺は待ちくたびれたよ」

「このたびはおめでとうございます」

お佐和とお年寄りたちは、お祝いをわたした。

「これはまことにかたじけない」

権兵衛と花津が頭を下げる。

「いかがですか、権兵衛様。ご妻女をお迎えになられて」

お駒に聞かれて、権兵衛がでれでれとほおをゆるめた。

「いや、まあ……よいものだな」

花津が権兵衛の脇腹をつついた。

「え？　あ、そうであった。亮太に会いたいのだが」

「承知いたしました。呼んでまいります」

亮太が来ると、権兵衛と花津が丁寧に頭を下げた。

「亮太のおかげで我らは夫婦になることができた。礼を申す」

亮太があわててかぶりを振る。ほおが赤いのは照れているのであろうか。

「いえいえ、俺は何も」

「亮太が古賀家でいろいろ話してくれなんだら、こうやってふたりで座っておることもなかっただろう。心より感謝いたす」

「あわわ、別に俺は運命の人の話をしただけで」

「おお、そうじゃ。亮太にも運命の人がおるのであろう？　なあ、花津」

「ええ。確か、お民と」

「ひえっ！　その話は言いっこなしですよう」

「えっ、お民ちゃんって、あの、お民ちゃんかい？」

「そういえば、亮太ちゃんが前言ってた、こういう女子が好みっていうのに、お民ちゃんはぴったりだねえ」

「え、そうだったっけか。しまった、覚えてねえや」

「なあ、お民ちゃんっていったいどこの誰だ？」

お年寄りたちの言葉に、亮太が耳まで真っ赤になる。

「あ、あのっ！　そのきれいな籠の中には何が入ってるんですか？」

「話をそらそうとしてもだめだよ、亮太ちゃん」

〈にゃあ〉

お年寄りたちが顔を見合わせる。

「今、猫の鳴き声が籠からしたように思うんだけど」

「はい。今日は美月様をお連れしたので」

「花津様、俺、美月様を見てみたいです」

「どんなお猫様だろう」

「そりゃあ大身旗本の奥方様が飼われていたんだもの」

「上品でかわいくて」

「そんじょそこらの猫とは格が違うだろうな」

花津が得意そうに胸を反らす。

「さすがは猫好き。皆、ようわかっておるのう。さあ、美月様。お出ましなされませ」

花津が籠のふたをあける。ちりんと澄んだ鈴の音がした。

「げっ、でか……」

言いかけた亮太があわてて口をつぐむ。現れたのは巨大な三毛猫だった。

普通の猫の倍くらいの体格である。そして、かわいらしいとか愛らしいというよりも、たくましいとかいかめしいという言葉がしっくりくる顔つきをしていた。

昼寝から目覚めて座敷で遊んでいた子猫たちが、美月を見るなり一目散に逃げ去った。

「美月様。ここが福猫屋でございますよ」

「なんて福々しいお猫様だろう」

ほめどころを探すのに苦労する美月の容姿に『福々しい』とは、さすがはお駒だ。

お駒の言葉が呪縛を解いたように、お佐和も亮太もお年寄りたちも、皆、笑顔になった。

「さあ、美月様。この婆《ばば》のひざにおいでなされませ」

お駒が赤子にするように手を差し出した。

「美月様、いかがなさいますか？」

花津に問われて、美月がぷいっとそっぽを向く。

「美月様は気乗りされぬとのことじゃ」

「福々しいっていうより、ふてぶてしいんじゃ……うぐっ」

徳右衛門が忠兵衛の口を素早く押さえる。

「それでは美月様、不肖権兵衛めがおつむりなどなでさせていただきまする」

権兵衛が伸ばした腕を、美月が目にも留まらぬ速さで引っかいた。太っていてもそこは猫だ。

「ぎゃっ！　美月様。今日も絶好調でござりますね」

権兵衛が笑顔のまま腕をさする。そこには、ひっかき傷が何本もあった。

「もう、権兵衛様。これ以上美月様のご機嫌を損ねないでくださいませ」

「すまぬ。花津」

顔をしかめているものの、花津の口元はほころんでいる。なんのことはない。のろけを見せられているのだ。『ごちそうさま』とでも言うしかない。

半刻《とき》（約一時間）ほど滞在して、権兵衛と花津は帰って行った。

「何とも不思議な夫婦だねえ」

「だって変わり者どうしだもの」

「ふたりとも酔狂ぶりに磨きがかかってねえか？」

「いいんじゃねえの？　幸せなんだろうからさ」

5

今日、お佐和は、久貝家の屋敷にある権兵衛の長屋を訪れていた。桃の節句に備えて、縮緬細工のつるし飾りを雛人形仕様にするという相談のためだ。

波留はお佐和に縮緬細工の作り方を教えてくれた人物である。また、縮緬細工作りを頼んでいる久貝家の家臣の妻たちを束ねてもいた。

「猫の雄雛と雌雛を作るのはどうでしょうか」

「ふむ。それを真ん中につるして、まわりはめでたい物や普通の猫をつるすと？」

「ええ、いつものようにお客様にお好みの物を選んでいただいて」

「雄雛と雌雛も幾種類か作るほうが喜ばれるかもしれませぬね」

「はい。皆様にお好きなようにお作りいただければ……。あっ！」

「どうかしましたか？」

「輪にした竹ひごに雄雛と雌雛を並べて縫い付けてそれをつるすとかわいいかなと思いまして」

波留がにっこり笑う。

「それはようございますね」

さらに細かいことをいろいろ打ち合わせて、話し合いは半刻ほどで終わった。

立って行った波留が茶菓を持ってきてくれたので、お佐和は違和感を覚えた。嫁の花津は出かけてでもいるのだろうか……。

「権兵衛様が妻帯されて、お暮らしはいかがですか？」

たちまち波留が顔をしかめたので、お佐和は少し驚いた。

「まさに、権兵衛がふたりになったようなものです」

「それはどういうことでしょうか」

「猫好きどうし、ずっと猫の話をしておるのです。それが非常に細かいのですよ。たとえば私が縁側でひなたぼっこをしておる太郎の頭をなでてやっていると、『猫がなでて一番喜ぶのはひげの生え際だ』とか『鼻の上だ』とか『やはりあごの先だ』などと申し、そこからふたりで延々と論じております。どこでもよいではありませぬか。ほんとうのところは猫に聞いてみなければわからぬのですし。私は太郎の頭をなでるのが好きなのです」

夢中になっている権兵衛様と花津様の様子が目に浮かぶ。それにきっと波留様も一緒にお話をされたいに違いない。

でも、ふたりの話が玄人《くろうと》過ぎてついていけないのだ……。

「それにうちの嫁は、朝、飯を炊くと、なんと、まず猫の美月に与えるのです。私が小言を申したら、『美月様は志乃様に賜ったお猫様ですから』と口答えをする始末。今日も、お佐和さんにお茶を出すようにとの私の申し付けに、『美月様の遊びのお相手をせねばならぬのでできません』と、こうなのです。いくら奥方様に賜ったとはいえ、猫は猫。人より猫を優先するとはなんということ。花津が従うべきは美月ではなく、姑であるこの私のはず」

「美月様はうちにも来られましたが、なかなか貫禄がおありになりますね」

さらに波留がいまいましいという顔つきになる。

「あんなもの、貫禄などではありませぬ。あの美月という猫。かわいさのかけらもない。ふてぶてしいことこの上なし」

おやおや、これはかなり手厳しい。

〈にゃーん〉

座布団の上で昼寝をしていた太郎が目を覚まし、お佐和のひざに頭を擦りつける。太郎は子猫のときに福猫屋からもらわれたキジトラの雄で、もうすっかり大きくなった。

お佐和が頭をなでると、太郎がごろごろとのどを鳴らす。

「それに一番許せぬのは、太郎を追いかけまわしていじめること。かわいそうに太郎はおびえ切ってしまい、ずっと私の居室で過ごすことを余儀なくされておるのです」

権兵衛の話では、波留は太郎を溺愛《できあい》しているとのことだった。かわいい太郎がいじめられて、憎らしさ双倍というところなのだろう。気持ちはよくわかる。

「権兵衛様は花津様になにかおっしゃったりなさらないのでしょうか」

途端に波留が般若《はんにゃ》のような形相《ぎょうそう》になったので、お佐和は尋ねたことを悔いたが、もうすでに遅かった。

「権兵衛があんなに阿呆だとは思いませなんだ。嫁をいさめることもせず、へらへらと笑うておるだけなのです」

波留が一気に茶を飲み干す。波留のことだ。花津をきちんと叱っているのだろう。

おそらく花津が波留の言うことを聞かないのだ。信じ難いが、花津のほうが一枚上手なのだと思われる。

ふとお佐和は思いついた。

「あのう、花津様のお母上様にご相談されて、花津様をたしなめていただくというのはいかがでしょう」

「そうしたいのはやまやまなのですが、花津は幼いときに両親を亡くし、我が家へ嫁ぐまでは年の離れた兄上の数馬どのとともに暮らしておりまして。この数馬どのが、もう花津を猫っかわいがり。『私が厳しく躾《しつ》けようとしても夫が阻むのです』と、兄嫁にあたる方が祝言の折にこぼしておいででした」

見合いの席の数馬の様子を思い出し、お佐和はそっとため息をついた。

「波留様が花津様に一番改めてほしいと思われるのはどこでしょうか」

「拝領猫の美月を崇《あが》め奉っておることです。他はまあ、てきぱきしておるし優しいところもある。権兵衛にはあれくらいしっかりした嫁でないと……。それにお互い好きおうておるようですし」

「美月様のことは、古賀家の志乃様か千枝様に意見してもらうしかないのでは」

波留が大きなため息をつく。

「やはり……。私もそれを考えぬでもなかったのですが、私どもの家のことですのにご迷惑をおかけするのはなんとも心苦しく……。でも、もうそれしか方策はございませぬものね」

波留がすっと背筋を伸ばした。

「決心いたしました。私、伝手《つて》を頼ってお願いしてみようと思います」

「それがよろしいかと……」


半月ほどして、波留がつるし飾り用の猫雛を持って福猫屋へやって来た。風呂敷包みの中から現れた猫雛にお佐和は歓声を上げた。

キジトラ、ハチワレ、三毛、黒、白、茶トラ……。どれも愛らしい猫雛ばかりである。

「なんてかわいらしいのでしょう。どの雄雛と雌雛を選ぶか迷ってしまいますね」

「ええ、皆、大変楽しんで作ったようです」

「波留様、今日はお顔の色が良いようにお見受けいたしますが」

「そうですか？　実は志乃様が花津をお屋敷に呼んで諭してくださったのです。『美月はそなたの飼い猫として遣わしたのだ。そなたが従うのは美月ではない。夫である権兵衛と姑の波留じゃ。それができぬのであれば、美月は私に返してもらう』と。美月を取り上げられてはかなわぬと思うたのでしょう。花津は心を入れ替えたようです」

「それはようございました」

「ありがとうございます」

波留がほほ笑みながら猫雛を手に取る。

「女の孫が生まれたら、猫雛を作ってやりましょうか」

「はい。権兵衛様と花津様がさぞ大喜びなさいましょう」

「違いない」

お佐和と波留は顔を見合わせて笑った……。

第三話　ねこしまつ

1

「今日店番をしてたら、お年寄りたちが話をしていたんだけど、亮太の運命の人はお民ちゃんなんだってね」

お縫の言葉に、大口を開けて飯をほおばっていた亮太がのどを詰まらせ、胸を拳《こぶし》でたたく。ちなみに今日の夕餉《ゆうげ》のおかずは、鯔《ぼら》の味噌煮と人参と大根の紅白なますである。

お佐和がいれてやった麦湯を、亮太がごくごくと飲み干した。

「ひええ、びっくりした！　その話はもう言いっこなしですよう」

「『もう』ったって、あたしは全然聞いてない」

「俺もだぞ。話してみろ」

「そんなの聞いたって面白くもなんともありませんよう」

〈ゴツン〉

「痛《い》ってえ！」

「馬鹿野郎！　興味本位で話せって言ってんじゃねえ。師匠として知っておかなきゃならねえからだ」

「はい、すみません」

「で、お民ってえのは、どこの誰だ」

「えーと、同じ両国の小さな飯屋の娘です。親方も会ったことありますよ」

「えっ！　いつ？」

「縮緬《ちりめん》細工の猫を帯のところにつけるのに薄板を作ってくれって、おかみさんに連れられてこの仕事場に来たじゃねえですか」

「……あ、俺が簪《かんざし》をやった……まだ子どもじゃねえか。お前はいったい何を考えてるんだ」

繁蔵が拳を振り上げたので、亮太が頭を抱えて叫んだ。

「違います！　何も今夫婦《めおと》になろうってんじゃない。だから俺が一人前になったとき、作った簪をわたして嫁さんになってくれって言うつもりです」

「それまで自分の気持ちは打ち明けねえつもりか」

「え、いや、でも。まだ修業中だし……」

「先に言っとかねえと。お民が他の誰かと所帯を持っちまったらどうするつもりだ。お前がそれでもかまわねえっていうんだったら話は別だが」

「それは困ります！　絶対に嫌です！　でも、いいんでしょうか？　先に言っちまっても」

「亮太、お前いくつになった」

「十八です」

「俺の弟子はお前ひとりしかいねえから、つきっきりで教えてやってるよな」

「でも、鶴の恩返し……」

「何か言ったか？」

「いいえっ！」

「それに、まあ、亮太は割と筋がいい」

「えへへ、ありがとうございます」

「調子に乗るなよ」

「はい」

「だから、あと六年くれえで一人前になれると思う」

「そ、そんなに早く！」

「一生懸命精進《しょうじん》すればの話だ」

「俺、頑張ります！」

「六年たったらお民はいくつだ」

「十八です……あっ！」

「ほうれみろ。誰かと夫婦になっちまってるだろうよ。だから早めに言っておくこったな」

「あのう、いつくらいに話せば……」

「そうさなあ。お佐和さんはどう思う？」

「そうねえ……。お民ちゃんもいつまでも家を手伝ってるとは限らないと思うの」

「えっ、そうなんですか？」

「だって亮太、お民ちゃんの妹が大きくなったら、代わりに手伝えるじゃないか。そうしたら、親たちはお民ちゃんをどこかへ奉公にやるとあたしは思う」

お縫の言葉にお佐和はうなずいた。

「そうなのよ。お民ちゃんを奉公にやれば、家にお金が入るもの。奉公先で相手にめぐり合っちゃうかもしれない。亮太のおっかさんみたいに」

「そ、そんなあ……」

亮太が泣きそうな顔になる。

「お民ちゃん、確か、妹は三つ下って言ってたわよね。ってことは九つ。来年になったら、お民ちゃん奉公に出されるんじゃないかな」

亮太がうしろに倒れ、頭を抱えてごろごろ転がった。

「ああ、どうしよう……」

「亮太、座りなさい」

もぞもぞと起き上がった亮太がうなだれている。

「顔を上げて、ちゃんと話を聞いてちょうだい。亮太はほんとうにお民ちゃんと夫婦になりたいの？」

「はい、もちろんです。ふざけた気持ちじゃありません」

「じゃあ、夏になったら良い日を選んで、お民ちゃんの家へご挨拶に行きましょう」

「何て言えばいいんですか」

「自分の気持ちを言うにきまってるだろ」

「お民ちゃんのことが好きですって？」

繁蔵が深いため息をつく。

「ここまでくると、拳骨《げんこつ》をくれてやる気力もわきゃあしねえ」

「お民ちゃんと所帯を持ちたいので、六年待ってくださいって言ったらどうだい」

「お縫さん、ありがとうございます」

「いや、礼を言われるほどのことでは……」

にこにこしていた亮太が、突然心配そうな顔つきになった。

「お民ちゃんが心変わりして、奉公先で他の男を好きになっちまったらどうしよう」

お佐和と繁蔵とお縫は顔を見合わせた。誰も笑っていない。

亮太の取り越し苦労ではなく、充分あり得る話だった。

「亮太とは離れ離れだっていうのに、その相手とは同じ家で暮らしてるんだから。どう考えても、亮太のほうが分が悪いやな」

お縫が腕組みをする。

「でも、そうかといって、お民ちゃんを奉公させないわけにもいかないですよね。家の事情があるでしょうし」

お民はまだ幼い。つらいことの多い奉公で、優しくしてもらったりしたら、その人をいっぺんで好きになってしまうかもしれない。

それに、お民のことが心配で、亮太が錺職《かざり》の修業に身が入らなくなるのでは。せっかく繁蔵が目をかけてくれているのに……。

なにか方法はないだろうか。要はお民が奉公に行かなければいい。

だが、働きに行かないでくれと頼むのは無理だ。お民の質素な身なりや、福猫屋でのお金の使い方などを見ていると、お民の家にそれほど余裕があるとはとても思えないから。

お民は大切な働き手のはず。お民が奉公先でもらうであろう給金と同じ額のお金を、お民の両親に払うというのはどうだろうか。

しかしそれでは、あまりにも傲慢で失礼だ……。

「あっ！」思わずお佐和は声をあげた。他の三人が、びっくりしてお佐和を見つめている。

「亮太と所帯を持つまで、お民ちゃんには福猫屋で働いてもらうというのはどう？」

きょとんとした顔をしていた繁蔵とお縫が笑顔になった。

「そりゃあいい考えだ」

「店もずいぶん忙しくなったし助かります。あたしはあんちゃん五人の六人兄妹《きょうだい》だから、妹ができるみたいで楽しみです」

亮太が耳まで赤くして黙りこくっている。

「どうしたの、亮太。うれしくないの？」

「いや、うれしいんですけど。困っちまうっていうか」

「困るだって？　いったい何が」

「お民ちゃんとひとつ屋根の下っていうのがです」

〈ゴツン〉

「痛ってえ！　目から火が出た！」

「馬鹿っ！　通いに決まってんだろう！」

「へっ？　通い……ですか」

繁蔵が拳骨を構える。

「お前、いったい何を期待してるんだ」

「な、何も期待してません！」

「嘘つけっ！」

「ご飯はうちで食べて、忙しくて遅くなったときは、お縫ちゃんの部屋に泊まってもらおうと思うの。お縫ちゃん、かまわない？」

「はい、承知しました」

「日が短いうちは、帰りは俺が送って行ってもいいし」

「ち、ちゃんと俺が送ります！」

「よっぽど拳骨を食らいてえんだな……」


夕餉を食べ終わったあと、亮太が神妙な顔で皆に頭を下げた。

「お民のこと、ほんとうにありがとうございます」

「まあ、好き合ってるどうしが夫婦になるのが一番だからな」

「……好き『合ってる』かどうかは……」

「そりゃあいったいどういうことだ？」

「お民の気持ちをまだ聞いてねえもんで」

「なんだって？　だって亮太、運命の人だのなんだのって。……あ、ひょっとしてあれか？　お前だけが盛り上がってるのか」

亮太が手で顔をおおった。

「でも、お民ちゃんがどう思ってるか、なんとなくわかるだろ」

亮太が勢いよくかぶりを振ったので、お縫が笑った。

「なんだ、亮太。自信ないのか」

「あたしは、お民ちゃんもまんざらじゃないと思うんだけど」

お佐和の言葉に、お縫がうなずく。

「俺も、亮太とお民は似合いだと思うんだが。まあ、何かの折に、お民の気持ちをそれとなく確かめてみるんだな」

「はい。……あのう、親方。どうしてお民の家へ挨拶に行くことを許してくだすったんですか？　普段なら、まだ早いって怒られそうですけど」

繁蔵が「ちっ」と舌打ちをした。腕を組みしばらく考え込む。

「亮太は変なところで勘が鋭いときがあって、嫌んなっちまうぜ。まあ、その、あれだ……。亮太には俺の二の舞を演じてほしくねえってこった」

「二の舞って？」

「おいおい、俺に言わせるのかよ……」

ふっと繁蔵が遠い目をする。

「昔、俺にもいたんだよ。好きな女が……。三つ下の幼馴染だ。向こうが娘盛りのとき、こちとら修業の真っ最中だ。打ち明けるもくそもねえやな。やがてその娘は嫁いだが、子ができなくて離縁され出戻った。それを聞いたとき、すぐに自分の思いを打ち明けて、修業が終わるまでもうあとちょっとだから待っててくれって言やあよかったんだ。言わねえうちにその娘は死んじまった。厄介者の身を親きょうだいに気兼ねして、働き過ぎたせいで体をこわしたんだ。悔やんでも悔やみきれねえ……」

以前、繁蔵が、自分には忘れられない女がいると言っていたのをお佐和は思い出した。ずっと独り身なのもそのせいだと……。

おそらく亡くなった幼馴染という女子《おなご》のことなのだろう。繁蔵の胸の内を思い、お佐和は涙ぐんだ。

亮太がはっとした顔をした。きっとあのときの繁蔵の言葉の意味に気づいたに違いない。みるみる亮太の目から涙があふれ出る。

亮太が何も言わず、両手をつかえて深々と頭を下げた……。

2

桃の節句まであとひと月……。福猫屋では先月から縮緬細工の猫雛のつるし飾りを売り始めた。

もちろんお年寄りたちは、四人とも売り出した初日に雛飾りを買ったのである。

「今年の桃のお節句は特に楽しみだね」

「そうそう。猫のつるし雛を飾れるんだもの」

「男の俺だってわくわくする」

「あれはいいよ。かわいくて」

「明日くらいに飾るとするか」

「お節句が終わったらなるべく早くしまわなきゃなんねえからな」

「そうなのよ。できるだけ早く飾らなくっちゃ」

「うちはあたししかいないし、いつまで飾っておいても平気。もうお嫁に行ったりしないから」

すまし顔のお駒に、残りの三人がふき出す。

「そうとも限らないかもしれないよ」

「そうそう。人生何が起こるかわかんねえ」

「世の中には物好きもいるんだぜ」

「忠さんはあいかわらずだなあ……」

福猫屋に五人の女たちが入って来た。二十過ぎから三十前くらいというところか。

しかも、皆どことなく似ている。

「猫がいっぱいいる!」

「まあ、かわいい!」

「よく寝てるねえ」

女たちは品を並べている壁際の棚の前に座り込んだ。

「ほら!　これ、見て」

「ほんとだ!」

「なんてかわいらしいんだろう」

「どれにしようか迷っちまう」

女たちは縮緬細工が入った籠を畳の上に置き、頭を突き合わせて相談をしている。

「何かお手伝いいたしましょうか」

お佐和が声をかけると女たちが一斉に顔を上げた。やはり、皆顔や体つきが似ているように思われる。ひょっとして姉妹だろうか……。

一番年かさらしい女子が口を開いた。

「ああ、よかった。あたしたちじゃ、どれにするかなかなか決められないもの。弟のところの赤子が初節句で、雛人形を買ってやりたかったんですけれどなかなか手が出なくて。そうしたら妹が、同じ長屋の人に、こちらのお店で買った猫雛のつるし飾りを見せてもらったんです」

「かわいらしいし雛人形ほど高くないし、弟の赤子に買ってやりたいなと思って」

「ありがとうございます。ひょっとして、皆さん姉妹でいらっしゃるんですか？」

「ええ、そうです。あたしたちは六人きょうだいで、弟は末っ子なんです」

「甘えん坊だったあの子がおとっつぁんになるなんて。ねえ」

「ご事情は承知いたしました。あたしどもの縮緬細工を大切な弟さんへのお祝いの品にしてくださること、とても嬉しゅうございます」

お佐和は丁寧に頭を下げた。

「それではこういうのはいかがでしょう。真ん中に飾る猫雛は、皆さんでお考えください。あとはおひとりずつ、縁起物や猫の縮緬細工からお好きな物を五つお選びになっていただきます。そしてその五本の飾りを猫雛の周りにつるすんです」

「なるほど！　それだと自分が好きなのを選べていいですね」

「弟にも、これはあたしが選んだ飾りで、こっちは姉ちゃんだって言えるから楽しそう」

「皆で選んでちゃ、いつまでたっても決まんなくて、日が暮れちまう」

「さあ、ではお好きなのをどうぞ」

「あたしは鶴と亀にしよう。縁起物といったらやっぱりこのふたつでしょ」

「めでたいで鯛《たい》がいいな。猫のお雛様だもの、魚がお似合い」

「あたしはまず猫を三匹。三人官女の代わり」

「毬《まり》と桃の花もかわいいかな」

「えっ、どうしよう。ぜんぶかわいくて選べない」

皆、わいわい言いながらすごく楽しそうだ。お駒とお滝もやってきた。

「一緒に見せてもらってもいいかしら」

「ええ、もちろん！　相談にのってもらえたらありがたいです」

「亀の甲より年の功ってね」

お駒の言い様《よう》に、どっと女たちが笑う。徳右衛門と忠兵衛が、うらやましそうな表情で麦湯をすすっているのもほほ笑ましかった。


冬に逆戻りしたかのような冷え込みのきつい朝、訪《おとな》う声にお佐和が急いで障子を開けると、小柄でやせた老人が立っていた。首に細い縄をつけた大きな茶トラの猫を抱いている。

「いらっしゃいませ。今朝はずいぶん冷えますね。さあさ、どうぞおあがりください」

お佐和は老人に火鉢の側へ座るようにすすめた。茶トラの猫もおとなしく老人のひざもとに座る。

老人の着物は垢じみていて、袖や裾《すそ》が擦《す》り切れていた。あまり暮らし向きが楽ではないことがひと目でわかる。

老人がひどく思いつめた様子なのがお佐和は気にかかった。

「おかみさん、わしは米沢町《よねざわちょう》に住む庄造《しょうぞう》と申します。今日はお願いがあって参りました」

庄造が懐から取り出した懐紙の包みをお佐和のひざの前に置いた。

「ここに一分《ぶ》あります。これで、この三吉《さんきち》を引き取ってもらいてえんです」

お佐和は驚いて言葉に詰まった。

「子猫は一匹五十文で引き取ってもらえると聞きました。三吉はこのとおりおとなで図体もでかい。だから一分出します。どうか引き取ってやってください。お願いいたします」

庄造が頭を下げた。

「ち、ちょっと待ってください。庄造さん、どうぞ顔を上げてください」

庄造を見て、お佐和ははっとした。目に涙がたまっていたのだ。

「うちは、おとなの猫を引き取ったことはないので、正直とまどっております。でも、何かご事情がおありのご様子。お話をお聞かせ願えませんでしょうか」

庄造が洟《はな》をすすりながらうなずく。お駒が手招きをした。

「庄造さん、お汁粉をご馳走しますから、こちらへおいでなさいな」

「滅相もない、そんなことしてもらっちゃ申し訳ねえ」

「いいんですよ。お近づきの印なんですから。おかみさん、お汁粉と麦湯をひとつずつ」

「承知いたしました」

庄造はお駒に礼を言い、お汁粉が入った椀《わん》をおしいただくようにしてから食べ始めた。三吉は庄造の横に座り、せっせと毛づくろいをしている。

「はあ、うまかった。ごちそうさまでした」

頭を下げる庄造に、お駒がにっこり笑った。

「おいしいですよねえ。ここのお汁粉、あたしも大好物なんですよ」

残りのお年寄りたちも口々に賛同する。お佐和はほほ笑んだ。

「庄造さん、三吉をうちで引き取ってほしいとおっしゃる理由《わけ》をお聞かせいただけますでしょうか」

庄造がこくりとうなずく。

「わしは魚の棒手振《ぼてふり》をやっておりまして。子宝には恵まれなかったけれど、女房とふたりで、まあ、仲良く暮らしていました」

庄造が頭をなでると、三吉が〈うにゃん〉と鳴いて、ごろんと仰向けに寝転んだ。

庄造が目を細め、三吉のお腹をなでる。

「年をとって体がきつくなったんで棒手振はやめちまったけど、ずっと女房が仕立物の賃仕事をしてたもんで。蓄えもあったし、つましく暮らしていけばなんとかなってました。ところが二年前、女房にぽっくり逝《い》かれちまってねえ。風邪《かぜ》をこじらせてあっという間だった。それからは、三吉と、まあ、肩を寄せ合って……」

きっと三吉は、女房を亡くした庄造の慰め、いや、心のよりどころとなっていたのだろう。そんな三吉をなぜ手放そうとしているのだろうか。

「この三月くらい、なんだかずいぶん衰えちまったなあって思うようになって。あ、三吉じゃなくてわしのほうです。足腰から始まって、目も耳も歯も弱っちまった。胸はしょっちゅうどきどきするし、息は切れるし、めまいもちょくちょく起きるようになって。食も進まねえし……。こんな調子じゃ、俺もいつぽっくり逝っちまうかわかられねえ。そしたら三吉はひとりぼっちになる。こいつはほんの小さな子猫のときに女房が拾ってきてずっと家で飼ってるから、今さら野良猫になったんではとても生きていけやしない。三吉の行く末を思うと、心配で夜も眠れなくてねえ……。知り合いについ愚痴をこぼしたら、この店のことを教えてくれたんです。猫と人の縁結びって。これはもう、福猫屋さんで三吉の新しい飼い主を探してもらおうと思った次第でして」

庄造は麦湯を飲み、「ふうっ」と息を吐いた。そうだったのか……。三吉はほんとうに庄造さんにかわいがられているんだ。

お佐和は胸がいっぱいになった。お年寄りたちが、珍しく黙りこくっている。

しばらくして、お駒がたずねた。

「庄造さん、歳はいくつになりなさる？」

「六十八です」

誰からともなく、お年寄りたちが、皆、ため息をついた。

「似たような歳だから、庄造さんの気持ちはよくわかる。あたしだって、いつお迎えが来てもおかしくないもの。夜寝るときはいつも、明日の朝、目が覚めないかもしれないって思って。だから弔《とむら》いの費用を一番弟子に預けてあるよ」

「あたしも。形見分けの覚書を作って、箪笥《たんす》に忍ばせてあるの」

「俺も自分の葬式の段取りは倅《せがれ》に言いつけてあるぜ」

「この間思いついて、読まれたくない書付や文の類《たぐい》を燃やしたところだ」

毎日楽しそうに福猫屋で過ごしているお年寄りたちが、自分の死に支度をきちんと済ませていることに、お佐和は胸を突かれた。

「おかみさん、びっくりさせちまったかね。ごめんよ。でも年寄りってえものは、皆そう。死と連れだって暮らしてるもんさね」

お駒の言葉に、お佐和はかぶりを振って「いいえ」と応えた。お年寄りたちが抱えている気持ちに思い至らなかった自分の不甲斐なさが、情けなくて腹立たしい。

庄造の依頼には正直驚かされた。だが、自分が死んだあとの猫の行く末を案じるのは、猫をいとおしく思っていれば当然のこと。

今までお佐和は子猫という新しい命を守ることばかりに夢中になってきた。いっぽうで、飼い主の死によって路頭に迷う猫もたくさんいるだろう。

これからは、そういう猫の里親も探すことにしようと、お佐和は決心した。

「庄造さんのご事情はよくわかりました。三吉の行く末はあたしが引き受けさせていただきます」

庄造の顔がぱっと輝く。

「ありがとうございます！」

庄造が三吉を抱きしめた。

「よかったなあ、三吉」

お佐和は金の包みを庄造のひざの前に置いた。

「お金はお返しいたします」

「いや、これは取っておいていただかねえと」

「子猫を引き取るのは五十文としておりますが、おとなの猫はまだ引き取ったことがございませんので決めていないんです。それで、三吉の里親を実際に探してみて、次の猫から値をつけたいと思います。そういうことなので、三吉からはお代をいただきません」

「それでは申し訳ない」

「いいえ。『お試し』にお金をもらったのでは、こちらこそ申し訳が立ちませんので。そこはご理解ください」

「おかみさんにはおかみさんの考えがあるんだから、そうさせておもらいなさいよ、庄造さん」

「では、お言葉に甘えて……。ありがとうございます」

庄造が頭を下げ、金包みを懐へしまった。

「それで三吉なんですが、庄造さんにもしものことがあったら、あたしが必ず引き取りますから、今まで通りにお暮らしくださいませ」

「よかったじゃねえか、庄造さん」

「死ぬまで一緒に過ごせるなんてさ」

「どうして忠さんは、そういう言い方しかできねえんだろうな」

ところが、庄造がかぶりをふった。

「三吉は、今日こちらへ置いて帰ります。こいつにもよっく言い聞かせてありますんで」

「ご心配なら、きちんと一筆書いてお渡しします。長屋の大家さんやご近所にもあらかじめお知らせしておいて、三吉が絶対路頭に迷うことがないようにいたしますから。どうぞ三吉を連れて帰ってあげてください」

「そうだよ。今から離れ離れじゃ、あんまり寂しいじゃないか。それに三吉だって不《ふ》憫《びん》だ」

「おかみさんの人柄はあたしたちが保証します。約束を違《たが》えるような人じゃないんですよ」

「おかみさんに任せておけば何も案じることはねえ」

「そうそう。安心して死ねるってなもんだ」

「おかみさんが信用できるお人だってことは、もちろんよくわかってる。でも、わしは三吉の行く先を見届けて、安心してから死にてえんだ」

「だけど、なにも今日別れなくても。もっと、こう、庄造さんの体が悪くなってからでもいいんじゃないのかい？」

「でも、明日ぽっくり逝っちまうかもしれねえだろ」

庄造の言葉に、皆が口をつぐむ。お佐和の胸にじわりと悲しみが広がった。

確かに、死ぬまで一緒にいられれば、自分は楽しい。だけど、もしもお佐和が庄造の住まいに行くまでに、三吉がどこかへ行ってしまっていたら……。

庄造の弔いに取り紛れて、大家をはじめ、誰も福猫屋のことを思い出さないかもしれない。知らせがなければ、お佐和が三吉を引き取ることはできないのだ。

どんなに準備していても絶対に大丈夫という保証はない。おそらく庄造はそれを心配しているに違いない。

何よりも三吉のことを案じている庄造の胸の内を思い、お佐和は目頭が熱くなった。

3

庄造から引き取った三吉を、お佐和はさっそく店に出し、里親を探すことにした。紐《ひも》で柱につながれた三吉は庄造を後追いして鳴くこともなく、静かに過ごしていた。客になでられるとごろごろとのどを鳴らす。

ただ、三吉をもらおうとする客は現れなかった。やはり、飼うなら子猫がよいと、皆、口々に言う。

子猫はあっという間に大きくなる。子猫の時期はほんとうに短い。それでも人は子猫をほしがるのだった。

食べるのも寝るのも遊ぶのも、なんでも子猫は力いっぱいだ。たまに福猫屋へ来て一緒に遊ぶのなら楽しいだけで済む。

しかし二六時中一緒にいるとなると話は別だ。子猫に付き合えばへとへとになってしまう。

だからほんとうは年配の者が飼うのならば、おとなの猫がおすすめだった。おとなの猫ならば、性《しょう》もよくわかるし、無茶はしない。ゆったりと落ち着いているので、ひざに乗せてひなたぼっこもできる。

おとなの猫にはおとなの猫だからこその、良さやかわいさがあるのだ。それを考えると、三吉はぴったりだが、欠点があった。

体が大きすぎるのである。ひょいっと抱き上げるには重過ぎた。一貫《かん》（約三・七五キログラム）以上あるだろう。

下手に抱き上げると、腰を痛めてしまうかもしれない。

そのうち三吉はすっかり福猫屋での暮らしにも慣れ、紐でつながれることもなくなった。店でもそこそこ人気ではあるのだが、やはり、いっこうにもらわれる気配はなかった。

いざとなれば、三吉はうちの子にしてしまおう。そうお佐和は考えていた。福をはじめとする家の猫たちとも相性は悪くない。

家の雌猫たちが、皆、三吉の子を産むかもしれないけれど、それもまた仕方のない事だった。三吉がいなくても、雌猫たちは庭に遊びに来る雄猫や、近所の雄猫たちとの間に子を作っている。

福猫屋でずっと飼うことにしたら、庄造が店に来れば三吉に会うことができる。それが一番良いのかもしれなかった。

ねえ、三吉。うちの子になっちゃう？　お佐和は三吉の頭をなでた。とたんにどすんと三吉が転がり、お腹を見せる。

はいはい、わかりました。なでてほしいのよね。

お佐和がお腹をなでると、これ以上はないというほど三吉がのどを鳴らし目をつむった。やがて気持ちよさそうな寝息が聞こえてくる。

「おや、三吉、寝ちまったねえ」

お駒がいとおしそうに三吉のお腹をなでる。

「おかみさんが頭をなでると、お腹を見せるのよね。なんだかうらやましい」

「俺たちがなでても、のどを鳴らすだけだものなあ」

「何が違うんだろう」

「他に誰かになでられて、三吉がお腹を見せたことってあるのかねえ」

「それが、まだ一度もないんですよ。お客さんだけじゃなくて、お縫ちゃんがなでても亮太がなでてもだめでした」

「繁蔵さんは猫が怖くてさわれないからお話にならないし」

「ごめんください」

「あ、あの声は花津様じゃねえか？」

「きっとそうだな」

「ってことは権兵衛様も一緒だね」

「おそらく」

果たして、花津の隣に、のほほんとした表情の権兵衛が立っている。さらに、権兵衛のうしろから、大殿がひょこっと顔を出した。

「面白い大猫がおるそうじゃのう」

いそいそと店に上がった大殿が相好《そうごう》をくずす。

「これは見事な大猫。そなたが三吉か。花津が嫁入りの際連れてきた美月よりかなり大きい。権兵衛に聞いておるぞ。お佐和以外の者が頭をなでても腹を見せぬそうじゃのう」

「それでは不肖私めが、さっそく三吉を仰向けにさせてみせましょう」

花津が三吉の頭をなでた。三吉が大きくごろごろとのどを鳴らした。

「これ、三吉。転がって私にお腹を見せておくれ」

だが、三吉がお腹を見せることはなかった。

「さて、わしの番じゃ」

大殿がにこにこしながら三吉の側に座った。

「ほれ、どうじゃ。気持ちが良いであろう。そろそろ腹を見せとうなってきたのではないか？」

三吉がひときわ大きくのどを鳴らし、うっとりした顔つきになる。

「これはひょっとしたら、ひょっとするかもしれねえ」

忠兵衛の言葉に、皆が固唾《かたず》をのむ。

〈ふはあああーっ〉

特大のあくびをした三吉が目をつむる。

「なんじゃ、三吉の奴め、眠ってしもうたぞ」

大殿が残念そうな表情を浮かべる。

「どうしておかみさんがなでるとお腹を見せるんでしょう」

小首をかしげる花津に、権兵衛が得意そうに胸を反らした。

「それはやはり手の大きさだと思うのだ。おかみさんの手の大きさが、ちょうど三吉の気持ちが良い場所に当たるのであろう」

「権兵衛様、それは解《げ》せませぬ。ごらんくださいませ。花津の手の大きさはおかみさんとそれほど変わらぬ気がします。おかみさん、手を合わせてみてください」

花津が右手を広げてみせたので、お佐和は自分の左手を重ねた。

「ほら、この通り。ほとんど同じ大きさです」

「う、まあ、そうだな」

「花津は、やはりなでるときの力加減だと思うのです」

「いや、それは違うのではないか」

「なぜですか？」

「いつも同じ力加減でなでるというのは難しいゆえ」

「でも、それを癖と考えることもできるのではないでしょうか」

「ふうむ、なるほど……」

大殿が顔をしかめる。

「権兵衛、花津。理屈の言い合いは、家へ帰ってからにせよ」

「はっ、申し訳ござりませぬ。花津と話しておると楽しゅうて、つい。のう、花津」

「はい、権兵衛様」

権兵衛と花津が顔を見合わせにっこり笑う。

「やれやれ、わしは汁粉を所望いたす」

皆でお汁粉を食べていると、客がやって来た。よく日に焼け、背が高くてがっちりしている。歳は四十くらいだと思われた。垂れ目に団子っ鼻の愛嬌《あいきょう》のある顔立ちである。

しかしどことなくやつれていて元気がない感じを受けた。ひょっとして病み上がりなのだろうか……。

店に入るなり、男の目から涙がこぼれた。あわてて男が袖で拭う。

「どうかなさいましたか」

「なんでもないんです。すみません」

謝りながらも男の目からは涙があふれて頰を伝った。お佐和はにわかに不安を思えた。

男が突然暴れたりして、お客様や猫たちになにかあったらどうしよう。心細さが顔に出ていたものか、目が合った大殿が、お佐和にほほ笑んだ。

さらに大殿がわずかにうなずく。たぶん安心せよということなのだ。

なにかあったら、大殿様が助けてくださる。お佐和の胸に安堵《あんど》が広がった。

男の動きを目で追いながら、大殿がゆっくりと麦湯を飲み干す。

「あっ！」

男が大声をあげた。大殿が湯呑みを構えた瞬間、男はへなへなとひざからくずれ落ちた。

「トラ吉《きち》！　お前、トラ吉だろう？　なあ、トラ吉だよな」

男は這うようにして三吉の側へ行き、抱き上げた。

「ああ、このずっしりとした重み。トラ吉だ……」

男が三吉にほおずりをする。そして、嗚咽《おえつ》し始めた。

お佐和は男の向かいに座った。

「福猫屋の主《あるじ》、佐和と申します。どうかなさいましたか？」

顔を上げた男は、三吉を抱いたまま、袖で涙をぬぐった。

「とんだところをお見せしちまって面目ねえ。福井町《ふくいちょう》に住む嘉助《かすけ》と申します」

「その猫は三吉という名で、お客様が飼ってらしたのを、事情があって手放したんです。だから、トラ吉ではないんですよ」

「それはわかってます。俺のトラ吉は半月前に死んじまったんで……」

「まあ、それはお気の毒に」

そうだったのかとお佐和は納得がいった。飼い猫を亡くしてまだ日が浅い嘉助は、店の猫たちを見て、たまらなくなってしまったのだろう。

「でも、お前、銅《あかがね》色の目も、毛の模様も、ほんとにトラ吉にそっくりだ。生まれ変わり……ってことでもねえよな……」

畳におろした三吉の頭を、嘉助が愛おしそうになでる。三吉がごろんと転がってお腹を見せた。

大殿がつぶやく。

「なんと。三吉め、腹を見せおった」

権兵衛と花津が無言で手を握り合った。

「ありゃまあ」

「三ちゃんったら」

「どうしてだ」

「俺というものがありながら」

お年寄りたちも穏やかではない。

「……嘉助さん、大丈夫ですか?」

嘉助が真っ青になり、がたがたとふるえている。お佐和はそっと嘉助の背に手を当てた。

せっかくお腹を見せたのになでてもらえないので、三吉が不思議そうな顔をして

〈うにゃっ！〉と鳴いた。

「お、お前……やっぱりトラ吉だ。間違いねえ。トラや、ああ、トラ……」

おうおうと声をあげ、嘉助が泣き始めた。きょとんとしていた三吉が、のそのそと嘉助のひざに上がって座った。

「権兵衛様！」

「うむ！　まさに香箱を作っておる！」

「会《お》うたばかりなのに！」

権兵衛と花津が色めき立っている『香箱』とは、前足を胴体の下に折りたたむ座り方のこと。このようにすると猫はすぐには立ち上がれないので、それだけ安心し、心を許しているということになるのだ。

しばらくして、大殿が声をかけた。

「これ、嘉助。甘酒でも飲んで落ち着け。そして、大泣きした理由を話してみよ。決して悪いようにはせぬゆえな。……お佐和、嘉助に甘酒を」

「承知いたしました」

お佐和は嘉助の前に甘酒のはいった湯吞みを置いた。

「お熱いうちにどうぞ」

嘉助は頭を下げ、湯呑みを両手で包み込むようにした。　心を落ち着かせようというのだろうか。大きく息を吐く。

嘉助は湯呑みに口をつけ、甘酒を少しずつ飲んだ。三吉は嘉助のひざの上で香箱座りをしたまま眠っている。

「……トラ吉は、三年前の雨の日、林の中で拾ったんです。やせっぽちの小さな子猫だったのに、みるみる大きくなりゃあがった。女房も子どももいねえ俺には、トラ吉は相棒みたいなもんで、ほんにかわいい奴でした。それが半月前、朝起きたら死んでたんです。前の日までいつもと変わりなく元気だったのに……」

お佐和は、一瞬、息ができなくなったような気がした。突然亡くなった夫の松五郎《まつごろう》のことが頭をよぎったのだ。

正月明けに三回忌の法要を済ませたが、まだまだ心穏やかというわけにはいかない。

「トラ吉が死んでからのことは、あんまり覚えてねえんです。仕事もずっと休んじまってて……。見かねた大家さんがこの店を教えてくれましてね。行くかどうしようか迷ったんだけど、思い切って来てみたら……」

再び嘉助の目から涙があふれる。ああ、あたしも、うちの人が亡くなったころのことはぼんやりとしか思い出せない。
一緒だ。嘉助さんは。あのころのあたしと……。
人と猫を同じように考えてはいけないのかもしれない。だけど、嘉助さんにとって
トラ吉は、ほんとうにかけがえのない相棒だったのだ。
この三吉をあたしに託した庄造さんだって同じだ。女房を亡くしてからは肩を寄せ
合って生きてきたって言ってたもの。
あたしだってそうだ。福をはじめ、猫たちは、皆、大切だ。
子に恵まれなかったあたしには、猫が子どものようなもの。子宝ならぬ猫宝だ。
猫好きの中には、猫のことを人同様大切に思っている者がたくさんいる。「猫馬
鹿」とでもいえばいいのだろうか。
いや、「猫馬鹿」だと滑稽な感じがするが、もっと一途で真摯《しんし》な気持ちだ。なにせ
猫を大事にしても、猫は何も返してくれない。
飼い主から猫への一方的な思いだ。猫に向けて毎日綿々と恋文を書き続けているよ
うなものだった。
その恋文に返事がくることは決してないのに……。
嘉助が懐から手拭を取り出し、顔をふいた。

「トラ吉に瓜二つの猫に出会っちまった。あ、それがね。姿形だけじゃねえんです。頭をなでるとごろんと転がって腹を見せるところもそっくり同じだから、もうたまんなくて。あ、いけねえ。また涙が出ちまう……」

大殿が口を開いた。

「この三吉は、頭をなでられてもめったに腹を見せぬ。見せるのは、飼い主だった庄造とこのお佐和、そして嘉助、そなただけじゃ」

「ええっ！」

「それに、そうやって前足をたたんで座っておるであろう。それはそなたを信頼しておる証。初めて会うたと申すに、不思議よのう」

「そうなんですね……。おかみさん、俺にこの猫をゆずってもらえねえでしょうか。必ず大切に飼いますので」

「嘉助さん。三吉は元の飼い主の方がとても大切に飼われていたのですが、その方はお年を召していて。自分が死んだら三吉が路頭に迷ってしまうから、福猫屋で引き取って里親を探してほしいとおっしゃったんです。三吉の行く先を見届けて、安心してから死にたいとも申されていました」

「なんと……。三吉、お前はずいぶん大切にされていたんだな。お前の飼い主はなんて立派なんだろう」

「そういう事情の猫ですが、ご承知いただけますでしょうか」

「はい、もちろんです。元の飼い主に代わって、俺が三吉を大事にします。俺の歳は三十八で、仕事は大工。自分で言うのもなんですが、腕がいいので稼ぎも多い。三吉にひもじい思いはさせませんから。ぜひ、三吉の里親になりたいです」

「それと、大切なことですが、いくら姿形やしぐさがそっくりでも、三吉は三吉です。トラ吉の生まれ変わりではありません。一緒に暮らしているうちに、トラ吉と違うところがたくさん出てくると思うんです。そのとき、もう飼うのは嫌だということになったら、三吉がかわいそうです。そこをちゃんとわかってくださいますか」

「はい。さっきは生まれ変わりだなんて口走っちまいましたが、半月前に死んだ猫が生まれ変わるなら、こんなおとなの猫じゃなくて子猫のはず。だから三吉はトラ吉の生まれ変わりじゃねえ。だけど、こんなにそっくりなんだ。俺とはたぶん何か縁がある。だから引き取りてえんです」

「嘉助さんのお気持ちはよくわかりました。それでは三吉を末永くかわいがってやってくださいませ」

深々と頭を下げるお佐和に、嘉助も、また丁寧に礼をした。

「幸せになるのだぞ」

大殿が頭をなでると、三吉は目を細め、ごろごろとのどを鳴らした……。

4

次の日の朝、いつものように福猫屋に一番乗りのお年寄りたちがお汁粉を食べていると、嘉助がやって来た。走ってきたらしく、ぜいぜいと息を切らしている。

「三吉がいなくなっちまったんです。ここへ帰って来てませんか？」

お佐和が「いいえ」と応えると、嘉助はへなへなと座り込んでしまった。

「昨日は用心してしばらく紐でつないでたんですが、三吉のやつがすっかりくつろいでたもんで、はずしちまったんですよ。飯もたんと食って、夜は一緒に寝たんですけど。朝方寒くて目が覚めたら入口の戸が少し開いてて、三吉の姿が見えねえ。あわててそこいらを捜してもどこにもいなくて。ひょっとして福猫屋さんへ帰ったんじゃねえかと……」

「三吉が帰るのは、ここじゃなくて、庄造さんとこじゃないかね」

お駒の言葉に嘉助が小首をかしげる。

「庄造さんっていうのは三吉の元の飼い主で、米沢町に住んでるんですよ」

「でも、今になって元の飼い主のところへ帰るなんておかしかねえですか」

「嘉助さんの言うことにも一理ある。だって、三吉はここの庭で遊んだりひなたぼっこしたりしてたのに、逃げ出さなかったもんな」

「逃げ出したのには理由があるんじゃねえか」

忠兵衛に意味ありげに見つめられて、嘉助があわてた様子でかぶりを振った。

「いやいや、ほんとに俺は何もしてませんよ。昨夜だって、三吉のやつ、俺の胸の上でうずくまって寝やがって上機嫌だったんだから。俺は重くて胸が苦しくて嫌な夢見ちまったけど」

「嘉助さんにかわいがってもらって、三吉は庄造さんのことを思い出したのかもしれません。住まいも長屋で間取りも似てるだろうし」

「ああ、なるほど。それじゃあこれから庄造さんの住まいへ行ってみます」

「あたしも一緒に行きますね。そのほうが話が早いから」

「そりゃありがてえ。よろしくお願いします」

お佐和は店番をお縫に頼み、嘉助と連れだって店を出た。

「ごめんください、庄造さん。福猫屋の佐和です」

すぐに戸が開いた。

「ああ、おかみさん。ちょうどよかった。今朝早く、三吉が帰ってきちまったんだ。……おや、この人は？」

「昨日お話しした、三吉をもらってくだすった嘉助さんですよ」

「そりゃあどうも。むさくるしいところですが、どうぞおあがりください」

家の中はきちんと片付いていた。どうやら庄造は几帳面《きちようめん》な性分らしい。

部屋の隅にたたんで置かれた夜具の上に座っていた三吉が、走りおりてきて嘉助の足に体を擦《こす》りつけた。たちまち嘉助の目がうるむ。

嘉助が座って三吉の頭をなでた。三吉がのどを鳴らしながらごろんと転がってお腹を見せる。

「こいつめ、心配させやがって……」

「三吉が迷惑かけちまってすみません」

頭を下げる庄造を、嘉助があわてて押しとどめる。

「いやいや、俺のほうこそ、三吉を逃がしたりして申し訳ねえ。すっかりなついてくれたもんで、つい油断しちまった」

「この度は、三吉を引き取ってくだすってありがとうございます」

「礼にはおよばねえよ。こちとら半月前に亡くした猫に三吉が瓜二つで、うれしいんだからさ」

嘉助が洟をすする。

「こんなかわいい三吉を手放すなんて、お前さんもつれえだろ。ひとりぼっちになっちまったんだもんな。俺、絶対に三吉を大切にしてかわいがるから、安心してくんな」

「ほんにありがてえ。よろしくお願いします」

嘉助と庄造がほとんど同時に天井を見上げた。涙がこぼれ落ちそうになったのだろう。

お佐和も鼻の奥がつんとしたので、涙が出そうになるのをこらえた。

「嘉助さん。それじゃあ、三吉を連れて帰ってやっておくんなさい」

「庄造さんはそれでいいんですかい？」

「もちろんですよ。三吉も嘉助さんにもらわれて幸せだ」

庄造に頭をなでられ、三吉がお腹を見せる。

「死んだトラ吉も、頭をなでてやると腹を見せてたんですよ。だから三吉はトラ吉の生まれ変わりなんじゃねえかって、最初は思っちまいました」

「そうだったんですか。三吉のやつ、他の人にはなでられても腹を見せたりしねえんです。だからさっき嘉助さんに腹を見せたとき、正直びっくりしたんだ。そして、すごくうれしかった……さあ、行きな」

庄造が三吉を抱き上げ、嘉助にわたした。お佐和の目からぽろりと涙がこぼれ落ちる……。


逃げ出した三吉を庄造の家から連れて帰ってから今日で五日になる。あれ以来、嘉助は福猫屋にやって来ていない。

きっと三吉も新しい暮らしに慣れて落ち着いたのだろう。そしてトラ吉が亡くなって落ち込んでいた嘉助は元気を取り戻して、また仕事に出ることができるようになったのだと思われる。

店には縮緬細工の猫の雛飾りを買う客たちが訪れていた。初節句のお祝いに求める人々もけっこう多い。

「おかみさん！」

嘉助の声だ。障子を開けたお佐和に向かって、嘉助が早口でまくしたてる。

「すみません。今から俺と一緒に、庄造さんの家へ行っちゃくれませんか。俺ひとりだと、うまくいかねえ気がして」

「どうかしたんですか？」

「あれからも毎日三吉が逃げ出して、庄造さんのところへ帰っちまうんです」

「ええっ！　あたしはてっきりうまくいってるもんだとばかり」

「それがその反対でして。いくら連れ戻しても、次の日の朝になると、家を抜け出して庄造さん家《ち》へ行っちまうんですよ」

「まあ」

「それでもう埒が明かねえから、庄造さんとちゃんと話をしようと思って。おかみさんに立ち会ってほしいんです」

嘉助が店の中をちらりと見やった。

「客がいっぱいいるのに申し訳ねえけど、お願《ねげ》えできますか」

「おかみさん、行っておあげな。店はあたしとお滝さんで手伝うからさ」

「そうですよ、おかみさん。どうぞご心配なく」

お駒とお滝が手伝ってくれれば、店番を頼むお縫も大助かりだ。ほんにありがたい。

連れだって庄造の住まいへ行く道すがら、お佐和は嘉助にたずねた。

「三吉はどんな様子なんですか？」

「よくなついてくれてますよ」

「それはよかった」

「よかありませんよ。三吉のやつ、そうやって俺を油断させておいて、逃げ出すんですからね。ほんに仕様のない奴です」

顔をしかめながらも、嘉助の目は笑っている。三吉はちゃんとかわいがってもらっているんだ。

でも、あたしを立ち会わせて、庄造さんに何を話すつもりなんだろう。もめたり喧《けん》嘩《か》になったりしなきゃいいけど。

まあ、庄造さんも嘉助さんも……とりわけ庄造さんは遠慮深くておとなしいから、きっと大丈夫……。

「庄造さん、邪魔するよ」

家の中に入ると、この間と同じように、三吉がたたんだ夜具の上でくつろいでいた。庄造が目をしょぼしょぼさせながら謝る。

「すまねえな、嘉助さん。三吉が手間をかけて。戸が開かなけりゃ三吉があきらめて帰るかと思って心張棒《しんばりぼう》をはめておいたんだが、三吉のやつ大声で鳴きやがって。隣近所に迷惑だから、つい、中に入れちまった。ごめんよ」

「いやいや、猫のしたことだ。謝ることはねえやな。今日はおかみさんにも立ち会ってもらって、庄造さんに折り入って話があるんだ。上がらせてもらうよ」

「ああ、どうぞ。おかみさんも上がってください」

「それじゃ、失礼します」

嘉助が座ると、三吉が走り寄ってひざに体当たりをした。嘉助が頭をなでてやるとお腹を見せる。

三吉のお腹をなでながら、嘉助が口を開いた。

「庄造さん、俺はやっぱり三吉をお前さんに返そうと思う」

庄造がかっと目を見開く。

「な、何を言うんだ。え、えっと、あれだ。三吉を紐でつないで飼やいいんだ。そうすりゃ逃げられねえ」

「それはだめだ。三吉が嫌がって暴れて、紐が首にからまって死んじまったらどうするんだ」

「う、あ……そうだ！　わしが帰って来た三吉を、嘉助さんの家へ連れて行くことにするよ。今までお前さんばかりに迎えに来てもらって悪かった」

「それは気にしねえでくれ。今、俺は仕事を休んでて暇だから。そのうち仕事に行くようになっても、昼間三吉を預かってもらっといて、仕事帰りにここへ寄って三吉を連れて帰りゃいいんだから別に手間じゃねえ」

嘉助がぐっと身を乗り出した。

「だけど、庄造さんとここにいてえと思っている三吉の気持ちを考えたら、やっぱり返さなきゃいけねえんだ」

「三吉はここにいてえとは思ってねえよ」

「思ってるよ。だって毎朝俺ん家を抜け出してここへ来るんだぜ」

「だけど、嘉助さんが迎えに来たら嬉しそうに帰って行くじゃねえか。ここにいたいんだったらそんなことしねえだろ」

「……それはそうだが、でも、このままじゃ三吉がかわいそうだ。だから、庄造さんに返す」

「やめてくれ。ここにいたら三吉は不幸になる」

「どうして」

「わしは老い先短い身だ。ぽっくり逝っちまったら、三吉が路頭に迷う」

「それは大丈夫だ。庄造さんが死んだあとは俺が三吉を引き取る」

「死んだあとじゃだめだ。俺が死んだって、大家や隣近所がばたばたしてる間に、三吉がどっかへ行っちまうかもしれねえ」

「じゃあこうしよう。俺が毎日朝と晩、ここへ寄るよ。そしたら庄造さんの様子もわかるし、万一のときも、三吉は俺を待ってると思う」

「だから、わしが死んでからではだめだってさっきから言ってるじゃねえか」

「わしは、三吉の行く先を気にしながら死ぬのは嫌なんだよ」

「わかんない人だなあ。俺がちゃんと三吉を引き取るんだから文句ねえだろ」

「そりゃあ、お前さんのわがままじゃねえか」

「なんだって」

「だってそうだろう。安心して死にてえっていう理由のどこに三吉の気持ちが入ってるんだい」

「三吉のことをよっく考えてのことだ」

「どこに考えてるんだよ」

「わしだってなあ、死ぬまで三吉と暮らしてえや。でも、そのわがままを通したら三吉が不幸せになる」

「三吉だってお前さんが死ぬまで一緒にいてえだろうよ。いりゃあいいじゃねえか。死ぬまで」

「それじゃだめだって言ってんだろうがっ！　ちょっとでも飼い主がいなくなる間があっちゃだめなんだよっ！」

「そこは俺がちゃんとするからいいんだよっ！」

「よくねえっ！」

「なんだと！　そんなに俺が信用できねえのか！」

「そうじゃねえ！　でも、だめだ！」

「わかんねえことばっかり言うんじゃねえ！　このくそ爺《じじい》！」

「誰がくそ爺だ！」

「てめえがだよ！　このわからず屋のくそ爺！」

「はあ？　もっぺん言ってみろ！」

「ああ！　何べんでも言ってやらあ！　くそ爺！」

「この！　へぼ大工め！　天秤棒で頭かち割ってやる！」

「誰がへぼ大工だ！　へん！　よぼよぼのくそ爺にやられたりしねえよ！」

「なんだと！」

嘉助と庄造が腕まくりをしてにらみ合う。お佐和は叫んだ。

「ちょっと！　やめてください！　ふたりとも！」

「うるせえな！」

「女は黙って引っ込んでろ！」

お佐和はため息をついた。大工の嘉助はともかく、庄造のこの変わりようはどうだろう。

そういえば、庄造は棒手振の魚屋だったと聞いている。魚屋が喧嘩っ早いのは世の習い。庄造は猫をかぶっていたというわけだ。

このままほうっておくわけにはいかない。さて、どうしよう。

やっぱりあれしかないか……。夫の松五郎が生きていた頃、弟子たちの喧嘩が止められないときに使った手。

のぼせ上がっている頭を冷やす。そう、水をぶっかけるのだ。

ここは庄造の家だ。水浸しにしてしまってはまずいだろう。桶に水を入れてひしゃくでかけるくらいにしておこう。

お佐和が立ち上がろうとしたそのとき……。

〈にゃーっ！〉

三吉が大声で鳴いた。その鳴き声のあまりのすごさに、思わず怒鳴り合いをやめた庄造と嘉助が顔を見合わせる。

三吉はのそのそと歩いて行き、庄造と嘉助の間でごろんと転がりお腹を見せた。甘えた声で〈うにゃん〉と鳴く。

「な、なんだよ。三吉」

「わしらは取り込み中なんだ」

「そうそう、お前の腹をなでてる場合じゃねえ」

「あら、じゃああたしがなでてあげる。いい子ね、三吉。あんたのお腹をなでるより大事なことがこの世にあるもんですか。ねえ」

お佐和がお腹をなでると、三吉が目を細めてぐるぐるとのどを鳴らす。

「わからず屋のお馬鹿さんたちはほうっておいて、あたしと一緒に帰りましょ」

「い、いや。それは困る」

「三吉は俺がもらったんだ」

「福猫屋は、里親にふさわしくないと思ったら猫を取り返すことにしてるんです。なんですか、ふたりとも。大声で怒鳴り合ったりしてみっともない。三吉は見かねて喧嘩を止めに入ったんですよ。ほんといじらしい」

お佐和は三吉を抱き上げほおずりをした。

「三吉。あんた、うちの福のお婿さんになればいいわ」

「ち、ちょっと待ってくれ」

「喧嘩したりして悪かった」

「すまねえ」

「あやまっていただかなくてもけっこうです」

ざっという音を立てて、嘉助と庄造が土下座をした。

「申し訳ねえ！」

「この通りだ！　三吉を連れて行かねえでくれ！」

「もう二度と喧嘩はしねえ！」

「お願いだ！」

「どうする？　三吉。許してあげる？」

お佐和の言葉がわかったかのように、三吉が〈みゃあ〉と鳴いた。

「まあ、仕方がありませんね。三吉に免じて許してあげます。でも、また今度同じことをしたら、有無を言わさず三吉を連れて帰りますからね」

「ありがてえ！」

「恩に着ます！」

「ふうっ」と庄造が息を吐いた。

「嘉助さん、ごめんよ。年甲斐もなく頭に血がのぼっちまった」

「こっちこそ、すまねえ。つい、かっとなってひでえこと言ったりして」

嘉助が手でつるりと顔をなでた。

「庄造さんの気持ちはよっくわかった。……俺、三吉を連れて、この長屋へ引っ越すよ。ちょうど隣が空き家だし。そうすりゃあ、庄造さんはいつでも好きなときに三吉に会える」

「そんなことしてもらっちゃ気の毒だ」

「これは三吉のためでもあるんだ。ここでも隣でも、三吉の好きなように過ごさせてやりたい。今の俺の家から、ここへ三吉が通うのでもいいかと思ったけど、途中で野犬に襲われたり、荷車に轢《ひ》かれたり、猫さらいにさらわれたり、どんな危ない目に遭うかわかりゃしねえ。この長屋に住めば、庄造さんがいてくれるから、俺も安心して仕事ができるってもんよ。どうせひとり暮らしで家財もほとんどねえから、引っ越しも手間はねえやな」

「ほんとにいいのかい？」

「うん。俺がそうしたいんだ。三吉のために」

「ありがとう……ほんにありがとう」

庄造が顔をおおってむせび泣く。

「なんでえ、いきなり。畜生、泣けてきやがったぜ……」

嘉助が、ぐいっと袖で目を拭った……。


半月ほどのちの雨の日、お佐和は庄造と嘉助の長屋を訪ねた。三吉の様子を見るためである。

雨の日にしたのは、大工の嘉助の仕事が休みだからだった。庄造と嘉助がどのように過ごしているのか知りたいと思ったのだ。

まさかもう喧嘩はしていないだろう。三吉を連れて帰るようなことにはならないと思うけれど……。

庄造の家の前まで来たお佐和は、中から大声が聞こえたので思わず眉をひそめた。

「てやんでえ！　許さねえぞ！」

また喧嘩だろうか。「ごめんください」とお佐和は声をかけた。

「何が許さねえだ！」

「許さねえったら、許さねえって言ってんだ！」

しびれを切らしたお佐和は戸を開けて中へ入った。

「もう飲めねえよ！　俺は庄造さんみたいにうわばみじゃねえんだから！」

畳の上には料理が入ったいくつかの皿と、酒徳利《さかどっくり》が置かれている。どうやらふたりで昼間から酒盛りをしているようだった。

〈うにゃん！〉と鳴きながら三吉が走り寄る。

「まあ、三吉。ひと回り大きくなったんじゃない？」

お佐和は三吉を抱き上げた。ずっしりと腰にくる重さだ。

「やっぱり肥えたのね、三吉」

「あっ！　こりゃ、おかみさん！」

庄造が頭を下げる。

「むさくるしいところですが、上がってくだせえ」

「おい、嘉助。わしの家だぞ。むさくるしいとはなんだ」

「あっ、そうだった。へへへ、すまねえ」

ふたりともかなり酔っぱらってご機嫌だった。お佐和は家に上がって座った。

皿には人参、大根、里芋、コンニャク、厚揚げの煮しめとイワシの生姜煮《しょうがに》が入っていた。

「全部庄造さんが作ったんですよ。いつも飯の支度は庄造さんがやってくれて、昼の弁当までこさえてくれるんです。これがうまいのなんのって。俺は幸せだ！」

「大げさなんだよ嘉助さんは。簡単なもんしか作りゃしねえのに。あ、かかりはちゃんともらってます」

「どうですか、おかみさんも一杯」

「いえいえ、あたしはけっこうです」

「まあ、遠慮せずに」

嘉助と庄造が顔を見合わせ大声で笑う。

「ねえ、三吉。なんだかよくわからないけど、庄造さんも嘉助さんも楽しそうだし、あんたもよく肥えてるし。これでよかったのよね。酔っ払いがうるさいからもう帰る。元気でね、三吉」

5

「今日はメバルか。豪勢だな」

「棒手振の与七《よしち》さんが、今日は大漁で安く手に入ったからって言うので煮つけにしました」

「メバルはやっぱり煮つけよね。ああ、おいしい。夕餉の支度までまかせちゃってごめんなさい。ありがとう、お縫ちゃん」

「いいえ、どういたしまして」

「店、ずいぶん忙しかったみてえだな」

「そうなんですよ。皆さん、縮緬細工のつるし雛を買いに来られて」

「商売繁盛で結構なこった」

「あ、そういえば、おかみさん。今日与七さんが言ってたんですけど、お民ちゃんが奉公に出るらしいんです」

お縫の言葉に、「ええっ！」と亮太が叫んだ。

「ごめんよ、亮太。与七さんも、詳しいことは知らねえんだ。この前お民ちゃんちの店で飯を食ったとき、お民ちゃんのおとっつぁんが、それっぽいことを言ってたってさ」

「亮太。お前、この間、お民ちゃんと梅見に行ったんだろ？　そのとき奉公のことが話にのぼったりしなかったのか？」

「それが、親方。行きはお民ちゃんの晴れ着姿にどきどきしちまって胸がいっぱいだったし。帰りは帰りで団子を食ったせいで腹いっぱいで、ろくにしゃべれなかったんですよう」

繁蔵が舌打ちをする。

「なにをやってるんだ、お前というやつは」

「ああ、どうしよう……」

亮太が頭を抱えてごろごろ転がる。お佐和も内心焦ったが、顔には出さないようにつとめた。

予想よりずいぶん早いわね……。でも、奉公が正式に決まったとは限らない。それに、決まっていたとしても、もっと良い奉公先が見つかったから断るなんてことは、世間によくある話だ。

お民ちゃん自身が福猫屋で働きたいと思ってくれれば、おそらくこちらに分がある。うちは通いだし。

もちろんお給金だって、無理をしてでも、なんとかその奉公先より少しでも多く払うつもりだ。亮太の大切な思い人だもの。なんとかして添わせてやりたい。

そのためには、まず、福猫屋で奉公してもらうことだ。はてさて、どうしよう……。

弥生《やよい》三日の桃の節句。お佐和は店を休みにして、親しい人々を招いた。日頃お世話になっている人たちにおいしい物を食べてもらい、楽しいひとときを過ごしてもらおうというのが建前だ。

ほんとうの目的は、もちろん、お民に福猫屋で奉公する気になってもらうことである。お民が亮太のことを好いているかどうかも、この際確かめてみたいのはやまやまだが、人が大勢いるところではちょっと無理だろう。

もっとも、お民が亮太を慕っているのは間違いないと、お佐和は思っている。福猫屋で奉公している間に大切に気持ちをはぐくんでいけばよい。お民はまだ子どもなのだから……。

お民の他に招待したのは、久貝家の大殿、梨野権兵衛と母の波留、妻の花津、染め師の由太郎《よしたろう》、お駒、お滝、徳右衛門、忠兵衛。そこへ繁蔵、亮太、お縫も加わった。お佐和も入れて十四人、皆で車座になって、白酒を飲みながら、ちらし五目鮓《ごもくずし》とハマグリのお吸い物、牡丹餅《ぼたもち》を食べる。

ちらし五目鮓の具はエビ、レンコン、豆、人参、タケノコ、シイタケ。上に錦糸卵《きんしたまご》をのせてある。

ちらし五目鮓をほおばっていた大殿が満足そうにため息をついた。

「まことにうまいのう」

皆がふむふむとうなずく。

「ありがとうございます。たんと作りましたので、皆様どうぞお代わりなさってください
ませ」

大食らいの上に早食いを誇るお縫が、さっそく立って行って自分の皿に五目鮓をよそった。いつもお縫といい勝負の亮太はと、お佐和が見やると、あまり箸《はし》が進んでいない様子だ。

おそらく、隣に座っているお民が、福猫屋で奉公すると決心してくれるかどうかが気にかかるのだろう。無理もない事だった。

お民には、せっかくの桃の節句なのに、若い女子がいないのは寂しいので是非来てほしいと言って誘った。少し戸惑いながらも、心優しいお民は、快く承知してくれたのだった。

実際、一番若いのが二十五のお縫なのだから、若い女子がいないというのはうそではない。ちなみに最年長はもちろんお駒である。

当のお民はおいしそうに五目鮓を食べている。

「あ、お民ちゃん。ちょっとごめんよ」

亮太がお民の湯呑みを手に取ってくんくんと匂いをかいだ。

「大丈夫、甘酒だ」

小首をかしげているお民に、真面目くさった顔で亮太が説明する。

「おとなは白酒を飲んでるんだけど、お民ちゃんは子どもだから甘酒。酔っぱらうといけねえからな」

お民がくすりと笑う。

「亮太さん、ありがとう。だけどあたし白酒飲めるよ。飯屋の娘だもの。おとっつぁんが『お民はけっこういける口だ』って」

「えっ、そうなのか。じゃあ、白酒にするかい？」

「ううん、甘酒も大好きだから、このままでいい。ありがとう」

お民ちゃんの良いところはいくつもあるけど、そのひとつが、『ありがとう』とすぐ言えるところよね。

皆がにこにこしながら亮太とお民のやりとりを聞いている。亮太が言うところの『運命の人』がお民であることは、皆が知っている。ただ、大殿と梨野家の人々と由太郎はお民と面識がなかったので、今日会えることをとても楽しみにしていたのだった。

　ふと顔を上げた亮太が、皆の視線に気づいて顔を赤くする。お佐和と目が合った繁蔵がにやりと笑った。

「縮緬細工のつるし雛は飾っておらぬのだな」

　大殿の言葉にお佐和はうなずいた。

「昨日店を閉めてから飾ってみたのですが、猫たちが跳びつこうとして大騒ぎになってしまいまして……」

「ははは、目に浮かぶわ。猫たちにしたら、恰好のおもちゃじゃからのう」

「福猫屋のつるし雛は、そこの障子にたくさん」

「ほんに子猫が鈴なり」

「本物の猫っていうのもおつだ」

「この店の障子って、見事に皆破れてるよなあ」

　お年寄りたちが指摘するように、障子には子猫たちが好き勝手にぶら下がって顔を出している。由太郎が不思議そうな表情を浮かべた。

「でも、猫たちは、鮓を食べたいとかねだったりしないんですね」

「先に餌を食べさせてあるからお腹がいっぱいなのよ」

「なるほど」

「それに、エビやハマグリは猫に食べさせてはいけないの」

「えっ、そうなんですか」

「エビ、イカ、タコは腰が抜ける。貝は耳が落ちると聞く。のう、花津」

「ええ、権兵衛様。私も聞いたことがあります」

由太郎が自分の耳に手をやって顔をゆがめた。

「うちの小吉《こきち》も気をつけてやらねえと」

「大丈夫だよ、由太郎さん。小吉を飼うときに、ちゃんと清吉《せいきち》さんにはあたしたちが言ってあるから」

清吉というのはかつて『染《そ》め清《せい》』と言われ、『彫《ほ》り辰《たつ》』こと亡き辰蔵《たつぞう》と組んで仕事をしていた伝説の染め師で、由太郎の師匠である。福猫屋から小吉という猫をもらい受けて溺愛《できあい》していた。

「あ、そういえば、お駒さんたちにいろいろ教えてもらったたって、親方が言ってたなあ。小吉の餌は親方が作るんですけど、俺もひょこっとエビや貝をやったりしねえように気をつけます」

「エビも貝もうめえから、俺は猫に生まれなくてよかったよ」

「権兵衛様はつるし雛を飾っていらっしゃいますか？」

「うちは客間に飾ってあるぞ、お駒。そして襖を閉めきってある。太郎が、やはり跳びついて収拾がつかぬようになってな」

　波留がため息をつく。

「なんとかつるし飾りを取ろうとずっと跳び続けるものですから、すっかりやせてしもうたのです。それがあまりにかわいそうで」

「美月様は」

　花津が胸を張る。

「美月様は、ご自分のお手が届かないことをご存じなので、そのような無駄なことはなさいませぬ」

「太り過ぎてて跳べないだけじゃねえの……うぐっ」

　徳右衛門が忠兵衛の口をふさぐ。

　場もすっかり和んだので、お佐和は本来の目的を果たすことにした。隣に座っているお民に声をかける。

「お民ちゃん。実はね、お民ちゃんにうちの店で働いてもらいたいと思ってるんだけど。どうかな？」

「えっ！」とつぶやいたお民の顔が悲しそうにゆがむ。

「どうかした？」

「あのう、あたし、福猫屋さんで働けたらすごくうれしいんですけど、もう奉公先が決まっちゃってるんです」

ああ、やっぱりそうだったのか、と思いながら、お佐和は明るく言った。

「大丈夫よ。口入れ屋さんとお民ちゃんのおとっつぁんには、あたしがきちんと話をさせてもらうわね」

お民が目に涙をためてかぶりをふった。

「……断れないんです。お大名のお屋敷の下働きだから」

お佐和は言葉に詰まった。お大名だなんて……。

大殿が「ううむ」と言いながら腕組みをする。

「その大名の名は？」

「ええと、森川《もりかわ》様です」

「下総生実藩《しもうさおゆみはん》一万石の森川家。当主の俊知《としとも》どのは、奏者番《そうじゃばん》を務めておられる。下働きとはいえ、決まってしもうたものを断るのは難しかろうのう……」

「そ、奏者番……」と誰かがつぶやく。

お佐和は目の前が暗くなった気がした。商家の女中奉公だろうとたかをくくっていたのだ。

もっと早くお民の家へ挨拶に行っておくべきだった。お佐和は後悔したがもう遅い。

「口入れ屋さんが、『器量良しのお民ちゃんなら、ご家来衆の誰かに見染められて玉の輿に乗れるかもしれないよ』ってお世辞を言ったりしたから、おとっつぁんは大乗り気で」

亮太が真っ青になっている。綺麗なだけでなく、お民は心ばえも良い。玉の輿は充分あり得る話だった。

「あたし、お屋敷で働くの、ほんとは怖くて嫌なんです。奉公するなら福猫屋さんがいい……」

お民が手で顔をおおってしくしく泣き出した。あわてて亮太が背中をさする。

さっきまでの楽しく和やかな雰囲気は一変し、皆、肩を落としてうつむくばかりだった。

「これが商家ならねえ……」

「給金を返して、請状《うけじょう》を口入れ屋にわたしてもらえば事はすむんだけど」

お駒とお滝がため息をつく。

「武家でしかも大名ときた日にゃお手上げだな」

「下手すりゃ手討《てうち》にされちまう」

忠兵衛の言葉に、お民のすすり泣きが大きくなった。

「すまねえ、お民ちゃん。つい、口がすべっちまった」

お駒が顔をしかめる。

「忠兵衛さん、もう黙ってなさいな」

商家の場合、奉公がつらくて逃げ出したりするのはままあることだった。その場合も、給金やお仕着せなど、もらったものを返せば事はおさまる。

いっぽう、武家は庶民にとってはいわば雲の上の存在。なにもかもがとんと見当もつかなかった。

頼みの綱は大殿様だが、ずっと険しい表情で押し黙っている。武家には武家のならいがあるのだろう。

いくらご大身のお旗本でも、どうにも手が出せぬことは存在すると思われた。

ああ、亮太、ごめんね。あたしがぐずぐずしてたばっかりに。運命の人と所帯を持たせてあげられなくなってしまった……。

「いや、待てよ」

大殿が、はたとひざを打った。

「当主の俊知どのじゃがな、無類の猫好きと聞いたことがある。詫びの印として、福猫屋で生まれる毛の長い子猫を献上するゆえ、お民のご奉公はなかったことにしてくれと、わしが文を書いてやろう」

「そ、そんな猫ぐらいで許してもらえるんでしょうか」

「『猫ぐらい』ではないぞ、亮太。猫好きたるもの、長毛の猫とくれば、間違いなく垂涎《すいぜん》の的《まと》じゃ。のう、権兵衛」

「御意！　それはもう、俗に申す『女房を質に入れてでも』でございまする」

「権兵衛様？」

「い、いや。そなたを質に入れようとは思うておらぬぞ、花津」

「ほんとうでしょうか」

「ありがとうございます！」

よかった、ほんとうによかった……。お佐和は涙ぐみながら頭を下げた。亮太とお民もそれにならう。

「福猫屋さんで働けるなんて夢みたい」

「よかったなあ、お民ちゃん」

亮太が顔をくしゃくしゃにして笑う。もしかすると泣いているのかもしれなかった。

「よかった、よかった」と、皆が口々に言って笑顔になる。お佐和は声をかけた。

「さあ、皆さん、五目鮓のお代わりをなさってくださいね」

由太郎がおどけた調子で言った。

「それにしても、権兵衛様がご妻女をお迎えなさるとは。確か俺と同じで『所帯は持たぬ』とおっしゃっていた気がいたしますが」

「詳しゅうお聞かせくださいますか、由太郎さん」

「えっ、いや、あの、その……」

「は、母上、そのようなこと、もうよろしいではございませぬか」

「いいや、権兵衛。母の私が知りたいと思うのは当然であろう」

「私もお聞きしとうございます」

「花津、よう申した」

「頼む、由太郎！　言わないでくれ！」

大殿がにやりと笑う。

「よいよい、由太郎。わしが申すゆえ」

覚悟を決めたものか、権兵衛がわしわしと五目鮓をほおばった。

「嫁を迎えるのは面倒くさいと権兵衛は申しておった。一家の主として妻子を養《やしの》うていくのは骨が折れるとも」

波留と花津の眉が同時につり上がる。

「身の回りのことは波留がやってくれるので、嫁や子にかかずりあうより、己ひとりで好きなように過ごすのが好もしいとも言うておった気がするな」

「そ、そのようなことは……」

「絶対申されておりますよね、権兵衛様」

「う、すまぬ、花津」

「梨野の家の家督は、自分が隠居するくらいの歳になったら親類の誰かから養子を迎えて継がせると」

「権兵衛！　そなた、ようもようも」

「は、母上、申し訳もござりませず」

「権兵衛様、実は私、この話、古賀家で亮太さんから聞きました」

の立場で改めてうかがうと」

「あのときは、まだ権兵衛様に嫁ぐとは思うておりませなんだゆえ。今、妻としての立場で改めてうかがうと」

花津がにっこり笑う。

「怒りもひとしおでございます」

「それでこそ、梨野家の嫁。もっと言うてやれ、花津」

「承知いたしました、義母上《ははうえ》」

「すまぬ、花津。申し訳ございませぬ、母上。不肖梨野権兵衛、今後は心を入れ替え精進いたしまする」

「口だけでは何とでも申せようぞ。のう、花津」

「はい、義母上」

どうやら梨野家では嫁と姑とが手を組んで、権兵衛様を叱咤《しった》激励しているようだ。激励より叱咤が勝っているのはご愛敬というところか。

まあ、権兵衛様も長い間お気楽に生きてこられたのだから、少々の試練はしかたがない。

「……亮太！　笑《わろ》うておる場合ではないぞ。俺はちゃんと運命の人と夫婦になったが、そなたは、いったいどうするつもりだ」

おやおや、権兵衛様の矛先が、突然亮太へ向いた。しかも、かなり曲がっている。

これは言いがかりに近いのではないか。

「えっ、どうするとおっしゃられても……」

どぎまぎしている亮太に、権兵衛が言い放った。

「亮太は、お民にちゃんと自分の気持ちを打ち明けたのか？　俺は花津に伝えたぞ」

「えっ」とお民がつぶやく。亮太が耳まで真っ赤になった。

権兵衛様ったら！　どうして、また、こんなときに突拍子もないことをおっしゃるんだろう。

お佐和の胸に困惑と怒りが沸き起こる。

簡単に答えられるわけないじゃないの。しかも皆の前で……。「あっ！」

湯呑みを倒してしまったお佐和は、あわてて手拭で畳をふいた。

「あーあ、本人がまだ言ってないのに」

「こういうことには順序ってものがあるんですよ」

「まずいことになっちまったな」

「俺でさえ黙ってたんだぞ」

「え？　何か悪いことを申したか？」

「権兵衛、そなたという男は……」

「権兵衛、私は、そなたを手討にして返す刀で自害したい気分じゃ」

「私もです、義母上」

「なぜですか、母上、花津」

「義母上、もう何もおっしゃいますな。これ以上権兵衛様がいらぬことを口走っては困りますゆえ」

突然亮太が立ち上がり、部屋から飛び出していった。廊下を駆け去る足音が聞こえる。

亮太ったら、いたたまれなくなったのかな……。でもそれなら、お民ちゃんも一緒に連れて行ってあげなくちゃよね。

ほどなく亮太が戻ってきた。手に縮緬細工のつるし雛飾りを持っている。

お民にあげたいと、亮太が自分の小遣いで買ったものだ。まわりに飾りが五本つり下がっている。

「これ、お民ちゃんにあげる」

「こ、こんなに立派な物もらえないよ」

「もらってほしい。そしてしまわないでずっと飾っててくれ」

「どういうこと？」

「お節句が終わったら、お雛様は早めにしまわねえと嫁にいけないって聞いたことがある。だからお民ちゃん、ずっとこれを出しっぱなしにしててくれ。俺が一人前になってお民ちゃんを嫁にもらうまで」

「あたしを……お嫁に……」

「あ……もちろん、お民ちゃんが嫌じゃなかったらの話だけど」

「嫌じゃないよ。……嬉しい」

「ほんとに？」

　お民がこくりとうなずく。

「やったあ！」

　亮太が両の拳を突き上げ、何度も飛び跳ねた。お佐和はたずねた。

「お民ちゃん、ほんとにうちの亮太でいいの？」

「はい」

「ありがとう。明日亮太と一緒にお家《うち》へご挨拶にうかがうわね」

「ひゃあ、一時はどうなることかと思ったけど」

「雨降って地固まる」

「瓢簞《ひょうたん》から駒《こま》ってやつだ」

「棚から牡丹餅……はちょっと違うか」

「でかしたぞ、亮太。これで俊知どのへの詫び状に、お民は縁談が決まったのでご奉公をご辞退申し上げる、と書くことができる。先方もめでたい事ゆえ、快くお許しくださるであろうよ」

大殿は上機嫌だ。権兵衛が胸を反らせた。

「俺のおかげだぞ。感謝しろよ、亮太」

「権兵衛め、帰ったら灸《きゅう》をすえねばならぬ」

「ご容赦なさいますな、義母上」

「お民ちゃん、俺と夫婦になるって言ってくれてありがとう。あ、でも、……ひょっとして、福猫屋で働くことのほうが嬉しいんじゃねえか？」

「え？……そんなことないよ」

「まあ、いいや。桜が咲いたらふたりで花見に行こうな」

「うん」

「亮太、浮かれてねえで、ちゃんと俺の言う通り修業しろ」

「そうだぞ。職人の道は厳しいんだから」

「亮太、あたしの妹分のお民ちゃんを泣かせたら承知しないよ」

「わかりました！　なんだよもう……」

あの小さかった亮太が……。お佐和は胸がいっぱいになった。亡き姉に心の中で語りかける。

お恵《けい》姉ちゃん、亮太が早く一人前の錺職人になってお民ちゃんと所帯をもてるよう、見守ってやってね。

ああ、今日はなんてうれしい日だろう……。

〈みゃあ〉

福がやって来た。座敷が騒がしいので見に来たらしい。

「福、ずいぶんお腹が大きくなったわね。もうそろそろ生まれるかな」

お佐和が頭をなでると、福がぐるぐるとのどを鳴らした……。

○主な参考文献

『猫の古典文学誌　鈴の音が聞こえる』著：田中貴子　講談社（講談社学術文庫）
『江戸の卵は1個400円！　モノの値段で知る江戸の暮らし』著：丸田勲　光文社（光文社新書）
『大江戸商い白書　数量分析が解き明かす商人の真実』著：山室恭子　講談社（講談社選書メチエ）
『伝承の裁縫お細工物　江戸・明治のちりめん細工　日本玩具博物館所蔵』著：日本玩具博物館　雄鷄社
『守貞謾稿図版集成　普及版　上・下』編著　髙橋雅夫　雄山閣

本書は文庫書下ろし作品です。

|著者|三國青葉　神戸市出身、お茶の水女子大学大学院理学研究科修士課程修了。2012年「朝の容花《かおばな》」で第24回日本ファンタジーノベル大賞優秀賞を受賞。『かおばな憑依帖』と改題しデビュー。著書に『かおばな剣士妖夏伝　人の恋路を邪魔する怨霊』『忍びのかすていら』『学園ゴーストバスターズ』『心花堂手習ごよみ』『学園ゴーストバスターズ　夏のおもいで』『黒猫の夜におやすみ　神戸元町レンタルキャット事件帖』など。本シリーズのほか近著に、幽霊が見える兄と聞こえる妹の物語を描いた「損料屋見鬼《けんき》控え」シリーズがある。

福猫屋《ふくねこや》　お佐和《さわ》のねこわずらい

三國青葉《みくにあおば》

2023年７月14日第１刷発行

発行者――鈴木章一

発行所――株式会社　講談社

東京都文京区音羽2-12-21　〒112-8001

電話　出版　(03) 5395-3510

販売　(03) 5395-5817

業務　(03) 5395-3615

Printed in Japan

講談社文庫

定価はカバーに表示してあります

KODANSHA

デザイン―菊地信義

本文データ制作―講談社デジタル製作

印刷―――株式会社KPSプロダクツ

製本―――株式会社国宝社

ISBN978-4-06-532462-2

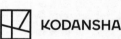

講談社文庫刊行の辞

二十一世紀の到来を目睫に望みながら、われわれはいま、人類史上かつて例を見ない巨大な転換期をむかえようとしている。

世界も、日本も、激動の予兆に対する期待とおののきを内に蔵して、未知の時代に歩み入ろうとしている。このときにあたり、創業の人野間清治の「ナショナル・エデュケイター」への志を現代に甦らせようと意図して、われわれはここに古今の文芸作品はいうまでもなく、ひろく人文・社会・自然の諸科学から東西の名著を網羅する、新しい綜合文庫の発刊を決意した。

激動の転換期はまた断絶の時代である。われわれは戦後二十五年間の出版文化のありかたへの深い反省をこめて、この断絶の時代にあえて人間的な持続を求めようとする。いたずらに浮薄な商業主義のあだ花を追い求めることなく、長期にわたって良書に生命をあたえようとつとめるところにしか、今後の出版文化の真の繁栄はあり得ないと信じるからである。

同時にわれわれはこの綜合文庫の刊行を通じて、人文・社会・自然の諸科学が、結局人間の学にほかならないことを立証しようと願っている。かつて知識とは、「汝自身を知る」ことにつきていた。現代社会の瑣末な情報の氾濫のなかから、力強い知識の源泉を掘り起し、技術文明のただなかに、生きた人間の姿を復活させること。それこそわれわれの切なる希求である。

われわれは権威に盲従せず、俗流に媚びることなく、渾然一体となって日本の「草の根」をかたちづくる若く新しい世代の人々に、心をこめてこの新しい綜合文庫をおくり届けたい。それは知識の泉であるとともに感受性のふるさとであり、もっとも有機的に組織され、社会に開かれた万人のための大学をめざしている。大方の支援と協力を衷心より切望してやまない。

一九七一年七月

野間省一